★中华优秀传统价值观故事丛书★

励志成才的故事

邢 扬 编著

吉林人民出版社

图书在版编目(CIP)数据

励志成才的故事 / 邢扬编著. -- 长春:吉林人民出版社,2012.5
（中华优秀传统价值观故事丛书）
ISBN 978-7-206-08856-8

Ⅰ.①励… Ⅱ.①邢… Ⅲ.①品德教育—中国—青年读物②品德教育—中国—少年读物 Ⅳ.①D432.62

中国版本图书馆CIP数据核字(2012)第075416号

励志成才的故事

LIZHICHENGCAI DE GUSHI

编　　著：邢 扬
责任编辑：孟广霞　　　　封面设计：七 洱
吉林人民出版社出版 发行（长春市人民大街7548号 邮政编码：130022）
印　　刷：鸿鹄（唐山）印务有限公司
开　　本：670mm×950mm　　1/16
印　　张：12　　　　字　　数：80千字
标准书号：ISBN 978-7-206-08856-8
版　　次：2012年5月第1版　　印　　次：2021年8月第2次印刷
定　　价：38.00元

如发现印装质量问题，影响阅读，请与出版社联系调换。

目录 CONTENTS

1. 土木建筑工匠鲁班 ………………………… 1
2. 战国神医扁鹊 ……………………………… 4
3. 战国水利家李冰 …………………………… 8
4. 农学家赵过 ………………………………… 13
5. 历法能人落下闳 …………………………… 16
6. 水排的发明者杜诗 ………………………… 20
7. 造纸术的改进者蔡伦 ……………………… 24
8. 汉代科学家张衡 …………………………… 27
9. 巧工丁缓 …………………………………… 32
10. 宦官发明家毕岚 ………………………… 35
11. 神医华佗 ………………………………… 38
12. 机械设计师马钧 ………………………… 43
13. 锻铸工匠蒲元 …………………………… 46
14. 造车奇才解飞 …………………………… 49
15. 晋朝炼丹家葛洪 ………………………… 51
16. 地图学家裴秀 …………………………… 55

目录 CONTENTS

17. 科学巨星祖冲之 ······ 58

18. 冶金家綦毋怀文 ······ 62

19. 声学家万宝常 ······ 66

20. 酿酒奇人陈明善 ······ 69

21. 造桥匠师李春 ······ 73

22. 建筑家宇文恺 ······ 78

23. 制琴名手雷威 ······ 82

24. 医学家崔知悌 ······ 85

25. 天文学家一行 ······ 89

26. 制墨名家李廷珪 ······ 93

27. 砚官汪少徽 ······ 96

28. 造塔大帅喻皓 ······ 99

29. 制笔名家诸葛高 ······ 102

30. 能工巧匠燕肃 ······ 105

31. 洛阳桥的督造者蔡襄 ······ 108

32. 天文机械制造家苏颂 ······ 112

目录

33. 北宋卓越的科学家沈括 …………………… 116

34. 活字印刷术的发明者毕昇 …………………… 121

35. 水利工人高超 …………………… 124

36. 霹雳炮的发明者虞允文 …………………… 127

37. 数学家杨辉 …………………… 130

38. 纺织能手黄道婆 …………………… 133

39. 杰出数学家朱世杰 …………………… 136

40. 元朝科学家郭守敬 …………………… 139

41. 元代农学家王祯 …………………… 143

42. 甲盾工匠孙威父子 …………………… 146

43. 明代建筑匠师蒯祥 …………………… 149

44. 水利专家潘季驯 …………………… 153

45. 音乐理论家朱载堉 …………………… 157

46. 杰出的医药学家李时珍 …………………… 159

47. 明末发明家徐正明 …………………… 165

48. 明末造园家计成 …………………… 168

目录 CONTENTS

49. 紫砂工艺巧匠供春 …………………………… 172

50. 光学仪器制造家孙云球 ………………………… 175

51. 建筑设计家雷发达 ……………………………… 178

52. 治河专家陈潢 …………………………………… 181

53. 发明家黄履庄 …………………………………… 184

1. 土木建筑工匠鲁班

鲁班，姓公输，名般。又称公输子、公输盘、班输、鲁般。在古代，"般"与"班"可以通用，所以人们称他为鲁班。他是中国古代一位最优秀的土木建筑工匠。

提起鲁班，也许你早就知道这样一个传说。有一次，鲁班上山伐木，为了节省时间，鲁班便抄小路走，小路上山近，可是坡陡路滑，而且横七竖八地长满了小树、杂草，行走非常不便。鲁班只好搀着树木、拽着茅草往上爬。忽然，脚底一滑，身体便顺着山坡往下滚去，鲁班急中生智，急忙抓住一把茅草，但感到手掌心疼痛无比。滑到山脚，鲁班狼狈地爬了起来，伸开手掌一看，掌心已是鲜血淋漓。鲁班非常惊奇，为何一把茅草能够划破人的手掌。鲁班顾不得疼痛，沿着滑下来的山坡，爬上去一看，这丛茅草与别的草没有两样。鲁班不甘心，便揪下一根茅草仔细地观察起来。这茅草的叶子很怪，叶子两边都长着锋利的小细齿，人手握紧它一

— 1 —

拽，手掌就会被划破。鲁班又试着用茅草在他的手指上拉了一下，果然又划开一道血口。鲁班正想俯身探究其中的道理，忽然看到近处有一只大蝗虫，两枚大板牙一开一合，快速地吃着草叶。鲁班把蝗虫捉住细看，发现蝗虫的大板牙上也排列着许多小细齿。鲁班由此受到启发，发明了锯。尽管现在考古证明锯的出现早于鲁班所生活的时代，但历史上确有许多关于鲁班发明创造的记载。

鲁班生活在春秋末期到战国初期，出身于世代工匠的家庭，小时候他就跟着家人参加各种土木建筑工程劳动。日久天长，他掌握了很多劳动技能，积累了大量生产经验，为他后来的发明创造活动奠定了良好的基础。

鲁班做木工活时，他的母亲和妻子经常帮助他。比如，用墨斗放线时，总是由他的母亲拉住墨线的头。这个活虽然很简单，但是必须由两个人来完成。在实践中，鲁班经过反复琢磨，对墨斗加以改进，将墨斗的线头上拴上一个小钩。这样一来，放线时只要用小钩钩住木料的一端，一个人操作就可以了。后来，木工们为了纪念这个发明，将这个小钩叫作"班母"。又如，鲁班刨木料时，他的妻子经常为他扶着木料。后来鲁班发明了顶住木料的卡口，人们便将这个卡口称作"班妻"。

鲁班生活的年代，战争频繁。长江中下游的楚、越两国，经常发生争战。楚越争战大都是水战，由于楚国是顺流作战，因此不易退却。而在作战的过程中，往往易退比易进更加重要，所以楚越争战楚国总是处于劣势。鲁班南游到楚国之后，为楚国创造了一种新型舟战武器——钩拒。钩拒安装在船头，如果对方的船想退却，可以用它将其钩住，使敌船无法逃脱；如果对方的船想进攻，可以用它将其顶住，使敌船无法靠近。这种装置使楚国在水战中掌握了主动权，最终促使楚国灭掉了对手越国。

鲁班在机械方面也有许多发明创造，他用竹木雕成的鸟，可以借助风力飞行三天而不落下来。他制作的木车马，设有机关，可以自动行走。

◆ 鲁班，两千四百多年来，一直被土木工匠尊奉为"祖师"，受到人们的尊敬和纪念。事实上，他已成为我国古代劳动人民智慧的象征。人们将许多发明创造都集其一身而加以传颂，正说明了这一点。只要善于观察生活中的点点滴滴，也许一件小事，一次小的经历都是一笔宝贵的人生财富，创意源自生活，生活构成无限的创造。

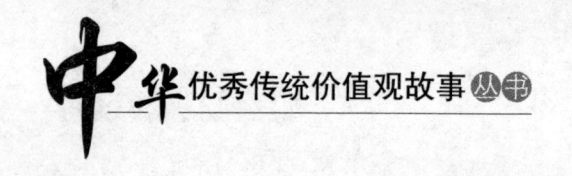

2. 战国神医扁鹊

扁鹊，原名秦越人，号卢医，齐国卢邑（今山东长清）人，战国时期的医学家，中国传统医学的鼻祖，对中医药学的发展有着特殊的贡献。在《史记·扁鹊仓公列传》《战国策》里载有他的传记和病案，并推崇为脉学的倡导者。

在中学语文课本里，有扁鹊见蔡桓公的故事：扁鹊到齐国行医，拜见了蔡桓公，他指出蔡桓公身染疾病，但很轻微，应及时治疗，蔡桓公不信。几天后，扁鹊又见蔡桓公，告诉他，疾病越来越重，已侵入血脉，蔡桓公仍不肯信。又过几天，扁鹊又向蔡桓公指出病已侵入肠胃，应尽快治疗，蔡桓公仍是一笑置之。十几天之后，扁鹊又见到蔡桓公时，却一言不发。有人问扁鹊这是为何，扁鹊说："桓公病入膏肓，已无药可治了。"果然，蔡桓公不久就死了。

我们在哀叹蔡桓公过于自负，枉送一条性命的同时，不禁暗暗佩服扁鹊卓越的诊断能力。

扁鹊少年时期在故里做过舍长，即旅店的主人。当时在他的旅舍里有一位长住的旅客长桑君，他俩过往甚密，感情融洽。长期交往以后，长桑君终于对扁鹊说："我掌握着一些秘方，现在我已年老，想把这些医术及秘方传授予你，你要保守秘密，不可外传。"扁鹊当即拜长桑君为师，并继承其医术。扁鹊在实践中，虚心学习，不断积累经验，热心为劳苦大众治病，赢得了人民的爱戴，成为驰名千里的医生。人们将一位传说中神医的名字——扁鹊赋予了他，称赞他有"起死回生"的本领。

扁鹊成名后，周游各国，为人治病，开始了游医生涯。当时，扁鹊的切脉技术高超，名扬天下。他遍游各地行医，擅长各科，在赵国为"带下医"（妇科），至周国为"耳目痹医"（五官科），入秦国则为"小儿医"（儿科），成为先秦时期医家的杰出代表。

扁鹊看病行医有"六不治"原则：一是倚仗权势，骄横跋扈的人不治；二是贪图钱财，不顾性命的人不治；三是暴饮暴食，饮食无常的人不治；四是病深不早求医的不治；五是身体虚弱不能服药的不治；六是相信巫术不相信医道的不治。扁鹊在总结前人医疗经验的基础上创造总结出望（看气色）、闻（听声音）、问（问病情）、切（按脉搏）的诊断疾病的方法。在这四诊法中，扁鹊尤擅长望诊和切诊。

扁鹊在对蔡桓公的病情诊断中，主要采用了望诊的方法。他通过观察蔡桓公气色的变化，推断出病情的发展。扁鹊的切诊本领也相当高明。一次，他带领弟子到虢国行医，正遇上太子暴亡。扁鹊询问了太子患病和死亡的情况，认为太子未必真的死去，请求入宫救治。扁鹊入宫后仔细切诊，发现太子还有极微弱的脉搏和呼吸，大腿根还略有温感，认为太子患的是一种"尸厥"症，即休克，并未真的死去。于是，他让弟子在太子头上扎了一针。不一会儿，太子竟渐渐苏醒过来。接着，他又让徒弟在太子两腋下进行熨贴疗法，太子渐渐可以坐起来了。后来，扁鹊又为太子写下方子，让他喝了二十几天的药，使他完全恢复了健康。

扁鹊高超的医术博得了人们的尊重和爱戴，他利用自己丰富的医学知识，深入民间，为人民治病。他不仅精于内科，还精通妇产科、小儿科和五官科。他每到一地，都注意了解当地风俗习惯和多发病。针对重点进行救治，急人民之所急，从不考虑个人名利。

扁鹊医术高明，反对不讲科学的巫术，遭到官医和巫医的嫉恨。他晚年在秦国行医时，秦武王听说扁鹊医术高超，想请他治病。但是身居太医令的李醯对扁鹊十分忌妒，恐怕失去自己的地位，便在秦武王面前极进谗言，竭力进行阻挠，并暗下毒手，刺杀了扁鹊。一代名医就这样丧命于小人之手。

扁鹊曾把自己的医疗经验整理成书，据《汉书·艺文志》记载，扁鹊有著作《内经》和《外经》，但均已失佚。

◆ 扁鹊在治病救人的过程中，总结前人的经验、融合自己的医疗实践，创立了科学诊病方法，即望、闻、问、切，这在现代医学上仍然沿用，为我国传统医学奠定了坚实的基础。

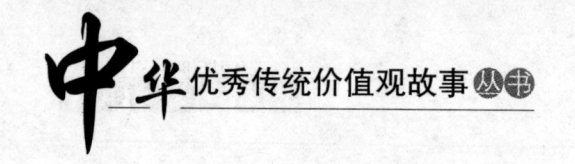

3. 战国水利家李冰

李冰，生平不详，大约生于秦朝，今山西省运城市盐湖区解州镇郊斜村人，战国时期的水利家，对天文地理也有研究。曾主持兴建了中国早期的灌溉工程都江堰，为当地农业生产和通商往来做出了重要贡献。

自古以来，蜀地连年遭灾，民不聊生。发自岷山的岷江，到灌县附近，江水奔腾而下，水势浩大，往往冲出河床，泛滥成灾。江水从上游挟带的泥沙也容易淤积在河底，抬高河床，使水患更加严重。而灌县西南面，由于有玉垒山阻隔，江水不能东流，旱情又时有发生。所以两岸人民都盼望能治服岷江，变水害为水利，得以平稳度日。

李冰来到蜀郡，体察到百姓的疾苦，下决心治理岷江。为了科学合理地兴修水利工程，李冰和他的儿子二郎亲自沿岷江两岸进行实地考察。经过反复考虑和设计，制定了治理岷江的规划方案。岷江东岸由于玉垒山阻碍江水东流，造成东旱西涝，李冰就决定将玉垒山凿穿，将水引向东边。为了凿穿玉垒山，李冰组织了上万民工，凿山开石。由于山石坚硬，工程进展缓慢。后来有人提出在岩石上开些沟槽，放上柴草，点火燃烧，使岩石爆裂，便于开凿。李冰听取了这一建议，果然提高了开凿速度。玉垒山被凿开了二十米宽的口子，称为"宝瓶口"，另一端口状如大石堆，称为"离堆"。

为了将江水引入宝瓶口，李冰采取了在江心构筑分水堰的方法，将江水分为两支，将一支引流入宝瓶口。构筑分水堰也是一项艰巨的工程。汹涌的江水是否能顺从人们的意愿，全在此一举。李冰先是采用在江中抛石筑堰的办法，但是筑起的石堰几次都被滔滔的江水冲垮了。李冰没有气馁，他认真分析失败的原因。一次，他看到岷山人用竹子编成竹笼存放东西，心想，如果编成竹笼，将石头放在里面，就不容易被水流冲散了。于是，他命竹工编制长三丈、宽二尺的大竹笼，装满鹅卵石，然后再将石头竹笼一个个沉入江底，这座石头竹笼墙终于抵挡住了湍急的江水，形成了牢固的分水大堤。

分水堤前端状如鱼头，取名叫"鱼嘴"。它向着岷江上游，把江水一分为二。西股为岷江的正流，称为"外江"；东股流入宝瓶口，称为"内江"。内江水又沿交错纵横的扇形渠沟，灌溉成都平原的万亩良田。分水堰两侧垒石护堤，靠内江一侧称为"内金刚堤"；外江

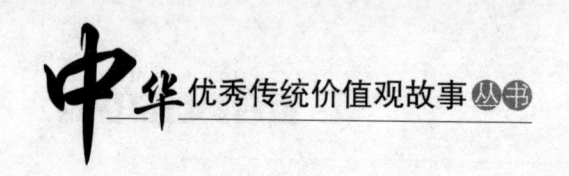

一侧叫"外金刚堤",即"金堤"。到这里,闻名世界的都江堰主体工程就完成了。

后来,李冰父子还组织人力在"鱼嘴"分水堤的尾部,修建了分洪用的平水槽和"飞沙堰"溢洪道。"飞沙堰"也用竹笼装鹅卵石堆筑而成,堰顶做到高度适当。当内江水位过高时,多余的江水就经过平水槽漫过飞沙堰流入外江,防止内江灌区遭受水灾。漫过飞沙堰的水流形成的漩涡也有效地减少了泥沙在宝瓶口前后的淤积。

为了有效地维护水利工程设施,李冰还特意制作石制的标记,并严格进行岁修。他在内江中,立一石人,作为观测水位的标记,规定水位"竭不至足""盛不没肩"。意思是水量最少时不能低于石人的脚部,最多时不能超过石人的肩部。他还将一石犀埋在内江中,作为岁修时淘挖泥沙的标准。

岁修在每年水量最小的霜降季节进行。先在鱼嘴西侧,用杩槎(马扎)在外江截流,使江水全部流入内江,随后淘挖外江和外江各渠道淤积的泥沙。到第二年立春前后,外江岁修完毕,把杩槎移到内江,让江水流入外江,再淘挖内江和内江渠道淤积的泥沙。同时进行平水槽和飞沙堰的岁修工程。李冰还明确规定岁修的原则:"深淘滩,低作堰"。就是要深挖淤积的泥沙,飞沙堰堰顶不可修筑太高，以免洪水季节泄洪不畅。至今，李冰的这六字诀还刻在内江东岸为纪念李冰父子修建的二王庙的石壁上。

岁修完毕，过去清明节前都要举行盛大的传统放水仪式，成千上万的人聚集在江边观看放水盛况，庆祝征服自然的胜利。

李冰父子组织修建的都江堰无论在规划、设计和施工方面都具有高度的科学性和创造性。一年四季，无论水旱，都可以根据灌溉和防洪的需要，合理地控制内、外江的水量，调节农田用水，十分有利于农业生产。都江堰的建成，将往日水旱灾害频繁的地区变成了"沃野千里"的"天府"之国。李冰父子为我国水利事业做出了巨大贡献。

据《华阳国志·蜀志》记载，李冰曾在都江堰安设石人水尺，这是中国早期的水位观测设施。他还在今宜宾、乐山境内开凿滩险，疏通航道，又修建汶井江（今崇庆县西河）、白木江（今邛崃南河）、洛水（今石亭江）、绵水（今绵远河）等灌溉和航运工程，以及修索桥，开盐井等。老百姓为歌颂他的功绩，为他建造了庙宇加以纪念。

我国古代还兴修了许多水利工程，其中颇为著名的还有芍陂、漳水渠、郑国渠等，但都先后废弃了。唯独

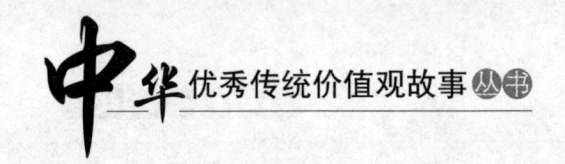

李冰创建的都江堰经久不衰，至今仍发挥着防洪灌溉和运输等多种功能。

◆ 李冰为蜀地的发展做出了不可磨灭的贡献，人们永远怀念他。两千多年来，四川人民把李冰尊为"川主"。他修建的都江堰水利工程，不仅在中国水利史上，甚至在世界水利史上也占有光辉的一页。

4. 农学家赵过

赵过，生平不详。汉武帝时期，曾任治粟都尉。他改进了当时的耕作技术和耕作方法，对西汉的农业生产起到了巨大的推动作用。

现在农民所使用的家用机械——播种机，可以连续完成开沟、下种、覆土、压实四道工序，高效率地完成大面积的农业生产。这种机械才问世不过几十年，而早在两千多年前的西汉，一个叫赵过的人就已经发明出这种播种机了，区别只是采用人力，而不是用燃油做动力而已。

他改进了"牛耕法"，设计了"耦犁"。即用两牛挽一犁耕种，一日可耕上百亩土地，而且垄沟整齐，深浅均匀。赵过还推广了"代田法"，即将一亩地分成三甽（田野间的水沟），甽上是垅，甽垅相间。耕种时将种子播在甽里，拔去杂草，培土护苗，农作物生长茂盛。甽垅的位置一年一换以保持地力。这种耕种方法比用通常方法耕种的土地产量要高出一倍。

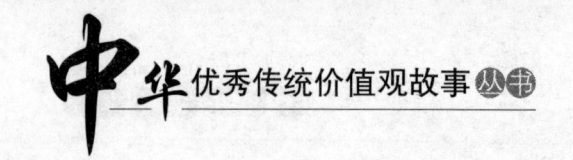

赵过最突出的成就就是发明了三脚耧播种机。播种的耧车战国时期就已经使用了。最初的耧车一次只能播种一行，称为一脚耧。后来，随着播种技术的改进，出现了二脚耧。赵过总结了前人的经验，创造发明了三脚耧，使得开沟、下种、覆土三道工序用一台机器就能完成。

赵过发明的三脚耧，主要部件由铁铧、耧斗、耧柄以及安置在前端的辕木组成。三把铁铧安在耧车底部，称作"耧脚"，用于挖土开沟。耧脚后部的銎（装柄的孔）里各嵌着一根木制的中空耧脚，其上端与子粒槽相接，子粒槽又与耧斗相通，耧斗后部的下方有一个开口，装有一块活动的闸板。耧斗两边装有两辕，可套一牛。耧车后装有耧柄。

具体操作方法是：首先根据种子的类别和大小以及土壤的干湿情况，调节好耧斗开口的闸板，使种子流出的数量和时间符合播种的要求。然后，将种子倒入耧斗内，让牛拉着耧车慢慢前行。一人在后扶着耧柄。掌握耧柄的高低以控制入土的尺度，确定播种深度，并不停地均匀摇动耧柄。耧斗内的种子就会不停地通过闸板，沿子粒槽，分三股通过耧脚，洒入铁铧翻开的土地里。种子播下之后，悬挂在耧后木框上的一根方形木棒会随之把平垅上的泥土，将种子覆盖好，三脚耧播种过之后，再用砘子将土压实，工作就算完成了。

赵过的三脚耧播种机由于能一次完成开沟、下种、覆土的工作，并可播种三行，大大提高了播种效率，而且播种质量也明显提高，受到农民的普遍欢迎。这在当时，也是一桩惊人的发明创造。

◆ 赵过为中国早期的农业生产做出了巨大的贡献，因为他的农业改进，尤其是发明了三脚耧播种机，使许多农民在一定程度上减轻了负担。

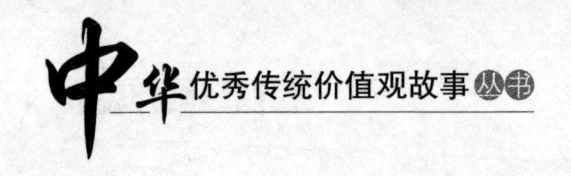

5. 历法能人落下闳

落下闳，复姓落下，名闳，字长公，巴郡阆中（今四川阆中）人。中国古代西汉时期的天文学家。浑天说创始人之一。曾制造观测星象的浑天仪，创制"太初历"，又称"八十一分律历"。

我国在天文学方面是世界上发展最早的国家之一。古代劳动人民很早就注意到日月星辰的变化，并按时令变化从事农业生产活动。历代君王对历法的制定也极为重视。据史籍记载，尧舜时代已有历法。到东汉时期，已有黄帝历、颛顼历、夏历、殷历、周历和鲁历六种。这六种历法都是以每十九年排七个闰月为闰周，和每年三百六十五又四分之一为岁周制定的。秦始皇统一六国后，采用了比较合乎天象的颛顼历。

西汉武帝时期，颛顼历积累的误差越来越大，甚至出现月初月圆，十五月亏的现象，对从事农业生产造成极大的不便。汉武帝元鼎六年（公元前111年），太史公司马迁出使西南，次年从巴蜀回到长安，向武帝提出改革历法的建议，并向武帝推荐平民出身的历法能人落下闳。

落下闳从小就喜欢观察日月星辰的变化，还认真地进行记录。浓厚的兴趣促使他阅读了不少天文学书籍，并经常访师学艺，青年时的落下闳已经积累了丰富的历算知识。他来到长安后，在司马迁的领导下进行历法改革。

在改历过程中，曾发生激烈的争论。民间天文学家落下闳与邓平和唐都等二十多人以及官方的公孙卿、壶遂和司马迁都各有方案，相持不下，最后形成了十八家不同的历法。经过仔细比较，汉武帝认为落下闳与邓平的历法优于其他十七家，遂予采用，于元封七年颁行，并改元封七年为太初元年，因而新历又称为太初历。

落下闳太初历在行用后，受到包括司马迁、张寿王等人的反对，张寿王甚至提议改回到殷历。然而孰优孰劣，还要以实测为准。为此朝廷组织了一次为期三年的天文观测，同时校验太初历和古六历的数据，结果表明，太初历更为符合天象。从此太初历便站稳了脚跟，而且一直使用了将近二百年（公元前104—84年）。

落下闳又以他丰富的天文知识和非凡的能工巧思，创制了我国古代第一台较为精密完整的天文观测仪器，即闻名于世的落下闳浑仪。

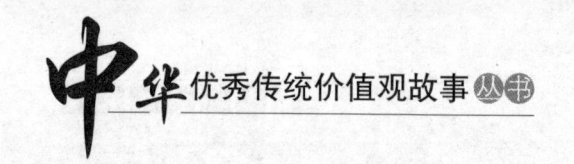

在此之前，也曾有过几种天文仪器。如用于观测天象的圭表。这种仪器由直竖的表和平置的圭组成，可根据表落在圭上的长度确定节气。又如，计时的仪器"壶漏"，可根据水滴漏出去的多少确定时间。但直接用于观测天象的仪器则是简单的中空竹管，很难准确地观测天体运行情况。而落下闳的浑仪则可以根据上面刻度，准确地取得各种观测数据。

据史籍记载，落下闳的浑仪外表是一个浑圆的球体，其周长约为二丈五尺，直径为八尺。圆球由赤道环和其他几个圆环组成，环上刻有周天度数和二十八星宿座的距度。圆环有固定的，也有可以绕天轴自由转动的。球体中间装有直径为一寸的窥管，观测时，只要转动圆环，用窥管瞄准某个天体，就能在圆环的刻度上推定出天体的方位。

落下闳利用这台仪器，进行了将近七年的观测，积累了大量的数据，进行了反复运算。在实测的基础上，考订历代重大的天文数据，改革了不合理的岁首制度，改定为从孟春正月为岁首。即《太初历》一年的开始，依照春、夏、秋、冬的顺序，至冬季阴历十二月底为岁终，使农事与四季的顺序相吻合，有利于农业生产发展。其次改革了置闰方法，使节令、物候与月份安排得更为准确。他测定的五大行星会合周期，与现代天文科学测定的数据极为相近。

《太初历》采用的岁首和科学的置闰法，中国的阴历一直沿用至今。他通过大量的天文数据测定，在天文学史上首次准确推算出一百三十五月的日、月食周期，即"朔望之会"，认为一百三十五个朔望月中，至少有二十三次日食。根据这个周期，人类可以对日、月食进行预报，并可校正阴历朔望。因此，确立孟春正月为岁首的历日制度是落下闳又一伟大功绩。

落下闳确立正月为岁首后，人们将正月初一称为"元旦""新年"，民间习称"过年"，之后民间也就有了"春节"的说法，并且一直沿用至今。所以，今天，我们也就尊称落下闳为"春节老人"。

《太初历》是我国历史上第一部有完整文字记载的历法，在历史上有着极其重要的地位。

◆ 落下闳在天文学、数学、农学上的一系列开创性的贡献，已经被学术界公认。英国科技史学家李约瑟称他为"中国天文史上最灿烂的星座。"

6. 水排的发明者杜诗

杜诗，字君公，河南汲县（今卫辉）人。光武帝时，为侍御史。他为官清廉，不畏强豪，为人民做了不少好事，很受当地人民拥护，有"杜母"之称。南阳人称赞他说："前有召父（召信臣），后有杜母"。

秦汉时期，长江流域的灌溉以汉水支流唐白河地区的发展最为显著，而唐白河的灌溉又以今河南的南阳、邓县、唐河、新野一带较为发达。唐白河地区为浸蚀、冲积平原，年降雨量约九百毫米，气候温和，适于作物生长。这里开发较早，到西汉中期经济已相当发达，农田水利在西汉后期有突飞猛进的发展。元帝时（公元前48—前33年），南阳太守召信臣对此地的水利和农业生产有特殊贡献，因而受到当地百姓的拥戴，被誉为"召父"。东汉时期，南阳水利事业进一步兴盛，杜诗在这方面也作出了很大的贡献。

杜诗发明了威力巨大的水力鼓风机——水排，使人类的冶炼史翻开了崭新的一页，这在世界科技史上也占有极其重要的位置。在欧洲，到公元十一、十二世纪才出现了使用水力作鼓风动力的鼓风炉。

当时，东汉王朝刚刚稳定，战乱留下了一片荒芜，农业生产遭到了很大的破坏。为了恢复农业生产，需要有充足的农具。但是由于当时冶炼技术落后，鼓风机具功效太低，很难适应实际需要。

我国很早就发明了鼓风工具。最初是采用一种用牛皮制成的大皮囊，叫作橐。人们手持橐的把手，使之一张一合。把风鼓入炉内，使炭火烧得更旺，使金属融化。开始是一人一橐，通过一个进风管鼓风。后来发展成多橐，多管一起向炉里鼓风，称为"排橐"，或简称"排"。这种鼓风方式的缺点是需要大量人力。再后来又出现了利用畜力代替人力的鼓风机，叫作"马排"，但冶炼需要花费的畜力也相当惊人。据史籍记载，熔化一次矿石，需要上百匹马来拉动鼓风机。

杜诗根据这种情况，在他到任不久，便召集冶铁工匠，在前人的基础上，设计并制造了水排。杜诗设计水排的具体情况早已失传。后来元朝王祯在他的著作中介绍了水排，并绘制了水排图。

王祯的《农书》中介绍了两种水排：一种是立轮式，一种是卧轮式。立轮式水排的结构是：在排扇前安装一根约三尺长的木榫，在木榫的头部竖着一个半月形

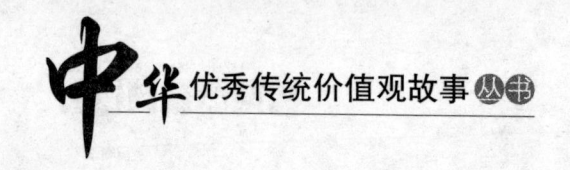

的"偃木",并用绳索悬挂起来。同时在排扇前的适当位置竖埋一根"劲竹",在顶端拴上绳索,绳索的另一头和排扇相连。在水流湍急的河旁,安好竖立的大木轮,轮上安有叶片。立轮的中心贯通一根卧轴,轴上安装拐木。当水流冲击立轮叶片时,立轮转动,带动卧轴和拐木转动,拐木打击偃木,偃木通过木榫带动排扇,使排扇关闭,这样就把风鼓入炉里。当转动的拐木离开偃木,在排扇关闭时被带弯了的劲竹,就恢复到原来的直立状态,因此又把排扇开启。这样循环往复,就能把风不断地吹入炉内。这种立轮式水排能大大提高工作效率,适于小型冶铁作坊。

卧轮式水排比立轮式水排要复杂得多。在一根竖轴的两端各安装一个大型卧轮,下面一个是主动轮,上面是从动轮。在上卧轮前面有一鼓形小轮,上卧轮和鼓形小轮的周绕以"弦索"。在鼓形小轮的顶端安装一个"掉枝"(可转动木柄),掉枝上安装着可以摆动的"行桄"(类似连杆)。"行桄"的另一端和卧轴上的一个"攀耳"(连杆)相连,卧轴上的另一攀耳和排扇间安装一根"直木"(相当往复杆)。这样,当水流冲击下卧轮时,就带动上卧轮旋转,上卧轮带动鼓形小轮旋转,引起掉枝、行桄和卧轴运动,使排扇一张一合,达到鼓风的目的。这种卧轮式水排要求有比较大的水流落差，适于规模较大的冶铁工厂。

此后，东汉科学家张衡创制了利用水力的水运浑象，三国的马钧利用水力制造了翻车及水转百戏，晋朝的杜预发明了水力粮食加工机械……这些发明创造是与水排创制的启示分不开的。

◆ 杜诗当时做的水排是什么样子？是卧轮式还是立轮式已很难考证了。但是杜诗水排的出现为进一步改造冶铁条件打下了基础，对后来的机械设计制造也有较深的影响。

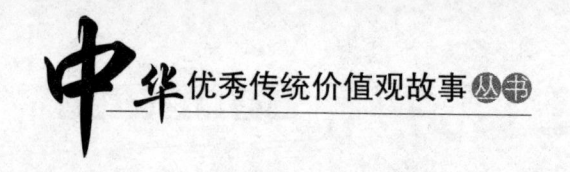

7. 造纸术的改进者蔡伦

蔡伦，字敬仲，汉族，东汉桂阳郡人。他采用树皮、渔网和竹子作为造纸材料，他对造纸材料的改进彻底改写了后世中国乃至世界的历史，也使蔡伦屹立于古今中外的杰出人物之列。

造纸术与指南针、印刷术和火药被称为我国古代科学技术的"四大发明"，被誉为世界文明史上的奇迹。造纸术的发明，是我国古代劳动人民对世界科学文化发展所做出的卓越贡献，大大促进了世界科学文化的传播和交流，深刻地影响着世界历史的进程。

在纸发明以前，我国古代靠龟甲、兽骨、竹简、木牍、金石、缣帛来记录事物。这些书写材料不是过于粗笨，就是过于昂贵。出现和使用一种轻便、实用、经济的纸成为社会经济文化发展的迫切需要。

公元二世纪时，我国劳动人民就发明了造纸术。这项发明与古代的生产活动漂絮、沤麻有密切关系。制作丝绵的工匠们，从竹席上取下经过拍打成絮的丝绵后，发现在竹席上还有一层敝绵，这层纤维干燥揭下后，可以用来书写，这就成了最初的纸。这种纸质地轻软，价格便宜。工匠们受此启发，试用大麻、苎麻等做造纸原料，也可制出这种纸。但这种纸比较粗糙，不便书写。东汉人蔡伦则改进了造纸术，用廉价的材料造出适合书写的优良纸张，使造纸技术得到广泛应用和推广。

出身于普通农民家庭的蔡伦，从小随父辈种田，但他聪明伶俐，很讨人喜欢。汉章帝刘旭即位后，常到各郡县挑选幼童入宫。永乐十八年（公元75年）蔡伦被选入洛阳宫内为太监，当时他约十五岁。永元十四年（公元102年）和帝立邓绥为皇后，蔡伦立即投靠邓皇后。邓绥喜欢舞文弄墨，蔡伦为投其所好，甘心屈尊兼任尚方令，主管宫内御用器物和宫廷御用手工作坊。在此期间，他总结西汉以来的造纸经验，改进造纸工艺，利用树皮、碎布（麻布）、麻头、渔网等原料精制出优质纸张。于元兴元年（公元105年）奏报朝廷，受到和帝称赞，造纸术也因此而得到推广。后因蔡伦被封为"龙亭侯"，所以他组织监造的纸也被称为"蔡侯纸"。

蔡伦采用树皮、麻头、破布、渔网等废弃物品作为造纸材料，增加了原料来源，降低了纸的成本。大致过程是这样的：首先将麻头、破布等造纸原料放在水里浸泡，使之润胀；然后捞出，用斧头将这些材料剁碎，用

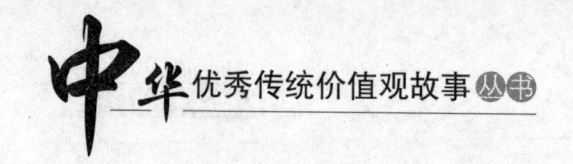

水洗清，用草木灰浸煮，除去其中的杂质，用清水漂洗后加以舂捣，使纤维碎散；最后用清水将这种细纤维浆液配成纸浆，用平面筛滤去水分，晾干，揭下砑光，就成为可书写的纸张了。

蔡伦和他领导的造纸工匠们创造性的劳动大大促进了世界科学文化的传播和交流，深刻地影响了世界历史的进程。

◆ 蔡伦对造纸术的改进不仅使纸成为便宜实用的日用品，也使造纸术从纺织行业中独立出来，在我国造纸史上写下了重要的一页。后来，造纸术传到了朝鲜、日本、阿拉伯各国及欧洲大陆，为世界文明做出了贡献。

8. 汉代科学家张衡

张衡，字平子，汉族，南阳西鄂（今河南南阳市石桥镇）人，我国东汉时期伟大的天文学家、数学家、发明家、地理学家、制图学家、文学家、学者，在汉朝官至尚书，为我国天文学、机械技术、地震学的发展作出了不可磨灭的贡献。

在我国历史上，曾经出现过这样一位杰出人物，他创造了那个时代"不可思议的奇迹"。郭沫若称赞他说："如此全面发展之人物，在世界史上亦属罕见。"他既是一个闻名世界的伟大科学家，又是著名的文学家和思想家。他为人类文明做出了多方面的贡献，他的姓名被国际上用来命名月球环形山和小行星，他的成就和品德同样值得人们仰慕。他就是我国汉代卓越的大科学家张衡。

张衡诞生于南阳郡西鄂县石桥镇一个破落的官僚家庭（今河南省南阳市城北五十里石桥镇）。祖父张堪是地方官吏，曾任蜀郡太守和渔阳太守。张衡幼年时期，

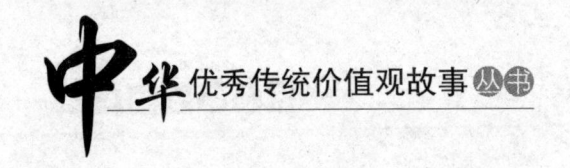

家境已经衰落，有时还要靠亲友的接济。正是这种贫困的生活使他能够接触到社会下层的劳动群众和一些生产、生活的实践活动，从而给他后来的科学创造事业带来了积极的影响。

十几岁起，张衡便离乡游学。在游学过程中，他拜访了许多明师，接触到很多志在学问、有远大抱负的青年学者，这对他的成长起到了非常积极的作用，使他从学习经学、文学而逐渐转向研究科学和哲学，最终成为一位多才多艺、博学广闻的卓越科学家。

汉安帝永初四年（公元111年），张衡经人推举入京为官，先后担任郎中、太史令、公车司马令等职。其中他担任太史令的时间较长，先后两次共计十四年。太史令是主持观测天象、编订历法、候望气象、调理钟律等事务的官员。在这一职位上，张衡的才能和学识得到了施展，使他在天文学等方面做出了巨大贡献。

张衡一生的发明创造和著述很多，这里我们选择其中最为重要的介绍一二。

创制新的浑天仪，是张衡在天文学方面的一个重大成就。浑天仪是用来测量天体位置的仪器，后世称为浑仪。而张衡所创造的新浑天仪，可以演示天体的运行情况。人们在室内，便可通过仪器的运转，了解到哪颗星处于天空的什么位置，因此人们又把这种新浑天仪称为浑象。又因为它是由水力作为动力的，所以又称水运浑象。新浑天仪的成功发明，说明张衡不但精通天文，在机械制造方面也有很高的造诣。新浑天仪最初设计完成后，先用竹篾制作了一个仪器的模型，经过多次试验和论证，确认无误后，才实际放大制作。新浑天仪用铜浇制而成，仪制是一个空心的铜球，球内有一铁轴，铁轴按天轴的方向贯穿球心，球与轴相交的两点，代表天球的南北两极。球的表面，刻有二十八宿及其恒星。由于张衡是在洛阳观测研究，所以铜球上的北极高出地平36°，这也正是洛阳所在的地理纬度。地平线由紧附在天球外的地平圈表示，除地平圈外，天球外还有子午圈，天轴就支架在子午圈上。此外还有黄道圈和赤道圈，二者成24°角。在赤道和黄道上列有二十四节气，并且分别刻成365°，每度又分为四格，太阳每天在黄道上移动1°。整个仪器的运转由古代的计时仪器漏壶带动，漏壶流出的水推动齿轮，齿轮带动天球绕轴运转。事实上，这种新浑天仪是一架天文钟和年历，后来，经过唐代一行和梁令瓒，宋代张思训、苏颂和韩公廉等人的不断改进，终于发展成为世界上最早的天文钟。

　　发明地动仪是张衡的又一伟大贡献。我国东汉时期，地震十分频繁，地震给人民带来的巨大损失，深深震撼着张衡的心。他也曾亲身经历过地震，为了同地震

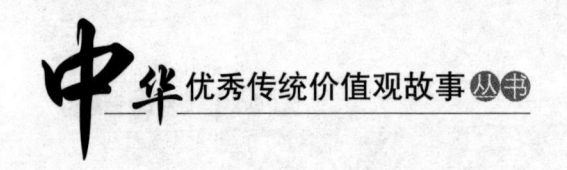

作斗争，张衡开始搜集各方面关于地震的资料，了解地震动态。经过长期研究，他终于在公元132年发明了世界上首架测定地震方位的仪器——地动仪。根据史料记载，地动仪用铜铸成，外形类似一个坛子，上面有隆起的圆盖，外表刻有山龟鸟兽等图形和篆文，内部中央立有一根铜柱，名叫都柱。仪体外部有八个龙头，龙头分指八个方向，龙头的嘴里各含着一个铜球，龙头下方分别对应着八个昂头张嘴的铜蟾蜍。当有地震发生时，都柱便发生倾斜，通过机关触动代表地震方向的龙头，龙头张开嘴，铜球便会落入铜蟾蜍口中，并发出响声，于是人们便可知道哪个方向发生了地震。地动仪制成后，人们并没有完全相信它，很多人对它的作用表示怀疑。公元138年的春季，有一天地动仪的一个龙口突然张开，吐出铜球，可是身在京城洛阳的人们并没有感觉到有地震发生。有人便说地动仪不灵，认为张衡的发明毫无价值。然而，几天后，陇西有人飞马来报，说那里几天前发生了地震。陇西距洛阳千里之遥，而地动仪竟能准确地做出报告，这不能不令人折服。

张衡发明的地动仪，利用物体的惯性来拾取大地震动波，从而进行远距离的测量。这一原理直到今天仍被人们所采用。在国外，直到十三世纪，才有类似的仪器在古波斯的马拉哈天文台出现。在欧洲，十八世纪才出现记录地震的仪器。

◆ 张衡的辉煌成就，使他在中国和世界科技史上都享有崇高的地位。如今，张衡墓和张衡读书台等历史遗迹都得到了修缮，供人们缅怀这位古代杰出的科学家。

9. 巧工丁缓

丁缓，中国西汉器具工匠。长安（今陕西省西安市）人，约活跃于西汉末年，擅长机械器具制造。汉代著名的发明家之一。

西汉人刘歆在《西京杂记》中称丁缓是"长安巧工"，并记录了他的一些发明事迹。他发明的旋转风扇、智巧灯盏、薰香炉等在当时都是令人称赞的奇器。

丁缓发明的物品大都利用了物理学上的"持平环"原理，即要使一个物体（具有一定重量）不致倾斜翻倒，最佳的方法就是采用支点悬挂。但仅仅用一个支架悬挂，是无法避免物体向轴方向倾倒的，还必须在轴向再做一个较大的支架，使两个轴孔正好垂直，轴心线夹角为直角。小的支架能避免物体前后倾斜翻倒，而较大的支架结构则能防止物体左右倾斜翻倒。物体处于这种装置之中就可以保持在任何状况之下的稳定平衡。

对于这个原理。颇具聪明才智的丁缓显然十分理解。他据此原理，制作了神奇的器具。"常满灯"是其中的一件，这是一种装有自动加油装置的灯盏。它利用灯油的燃烧，使一定空间里的气压发生变化，当气压里的压力降低到一定程度，就可以将油自动地加到灯盏内，使灯盏永不熄灭，可免去加油的麻烦。更为巧妙的是"常满灯"悬挂在空中，遇有风吹摇动，燃油也不会从灯池中溢出，这就是此灯的平衡装置在起作用。这种灯外壳采用黄铜制作，雕以七龙五凤，或花鸟虫鱼，经常用于悬挂在寺庙的神像前，十分美观。

被中香炉在汉代以前曾有人做过，但做法早已失传。丁缓发挥自己的聪明才智，制成了这种神奇的器物。据史籍记载推测，此物可在被褥里使用，既可发出淡淡清香，又可以取暖。这种香炉为球状，球体可分成两半，里面有两个对称的轴孔，轴孔上装置一个小圆球。球内的两个轴孔连线与外轴孔线相垂直，内置一个装香的碗，香料在里面燃烧，无论球体如何滚动，小碗总能保持平衡位置，香料也绝不会散落出来，污染被褥。它的精巧别致，令人叹服。

这种"持平环"的原理，现在被广泛应用在航空、航海技术上。航海中的船舶，就是在这样的装置内放入指航的罗仪，无论风浪如何，罗仪都不会因船只的颠簸而失去作用。在西方，直到十六世纪，意大利人希·卡丹诺才实际造出利用持平环原理制造的"陀螺平衡

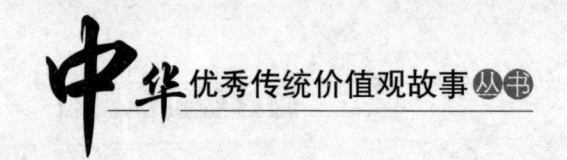

仪"，比丁缓至少晚了十五个世纪。

丁缓还做过利用水力能源作动力的七轮扇。据说这种装置一人操作可使满屋生风，可以在炎热的夏季感受清凉。后来这种装置被应用到农业器具上，大大提高了生产效率。

◆ 丁缓的确是一位出色的发明家，但史籍对他的生平介绍太少，对他创造的奇器也无详细记载，这不能不说是一大损失。

10. 宦官发明家毕岚

毕岚，字不详，东平郡人。东汉时的宦官，十常侍之一。他发明了用于汲水的装置"翻车"和"渴乌"。"渴乌"的设计情况已不可考究，"翻车"还略有记载。

古代汲水的机械是最初被称为"桔槔"的装置。明代徐光启的《农政全书》和宋应星的《天工开物》中绘有"桔槔"图。从图上可了解到这种汲水机械是采用杠杆原理制成的，即在井口或汲水处设一木架，架上支一横木，横木一端挂水桶，一端悬有重物（如石块）。不用时，重物压住横木，前端空桶高悬；汲水时，使前端空桶下坠入井，盛满水后再借横木后端重物之力提桶出井。这种汲水机械虽能省些力气，但效率不高，大量汲水时，仍很费力。

东汉时期，毕岚在皇宫内随侍皇帝。皇帝每年都要到洛阳的南郊和北郊祭天地诸神。届时，南北郊的路上都要铺洒黄土，毕岚就是主持此项工程的"中常侍"。郊路洒过的黄土还需汲水洒在黄土上并夯实，以保证黄

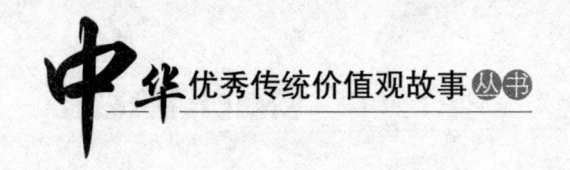

土不能漫天飞扬，影响皇帝的威仪。但是汲水是相当费力的事情，为了避免因供水不及时，影响工程的进度，毕岚发挥自己的聪明才智，发明创造了能大量引水的新机械——"翻车"和"渴乌"。

据元代王祯考证，毕岚的"翻车"就是后世的"龙骨水车"。他详细描述了这种机械的式样，即在临水地段设下木架，车身用板作槽，长约二丈，宽约四至七寸，高约一尺，木槽中间设有行道板，宽窄与木槽相配，槽板两头安有大小轮轴，行道板四周设有龙骨板叶。大轴的两端各带四个木拐，安置在木架上。操作时，人凭靠在木架上方的横木上，用双脚踏动拐木，龙骨板随转循环，行道板就会刮水上岸。

实际上，"翻车"采用的是轮轴传动和链唧筒汲水的原理。当人踏动拐木时，轮轴上的大轮带动龙骨板循环运动，带动水源中的水，并将之刮上岸。这种机械比"桔槔"节省了人力，提高了功效。

"翻车"运转起来似游龙戏水，汩汩滔滔，细浪潺潺，舒展自如。许多文人墨客见了，不禁诗兴大发，填词作赋称颂一番。

南宋人张孝祥曾讴歌它："像龙唤不应，竹龙起行雨"，"转此大法轮，救汝旱岁苦"，"神机日夜运，甘泽高下普"。……诗人苏轼也有诗描述此物："翻翻联联啷尾鸦，荦荦确确蜕骨蛇。分畦翠浪走云阵，刺水绿针抽稻芽。"

◆ 十常侍朋比为奸，祸乱朝纲，制造出党锢之祸，后被袁绍诛杀。但毕岚为取悦皇帝用于取河水洒路而发明的翻车，也很好地展示出他的聪明才智。

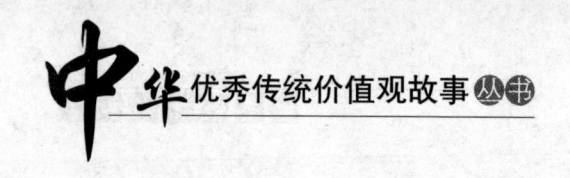

11. 神医华佗

华佗，字元化，又名旉，汉末沛国谯（今安徽亳县）人，是三国时著名医学家。他医术全面，尤其擅长外科，精于手术，被后人称为"外科圣手""外科鼻祖"。

看过《三国演义》的朋友都不会忘记关公刮骨疗毒的故事吧。关羽中了魏兵的毒箭，右臂红肿，不能运动。一位医生前来治病，说关羽的右臂毒已入骨，须立一木柱，将手臂捆牢，再用被子把头蒙上，然后用尖刀割开皮肉，刮去箭毒，才能治愈。这些方法无疑是担心关公疼痛难当，使手术不能进行。没料到关公听后，全然无所畏惧，根本不用捆绑遮盖，伸出右臂，任凭医生处置，神情自若，尚能与人下棋。手术很顺利，不久关羽的箭伤就痊愈了。

看完这个故事，在钦佩关公的同时，你也一定会赞赏那位医术高明的医生，他就是东汉末年有名的"神医"——华佗。

华佗生活的时代，是东汉末年三国初期。那时，灾荒和战争不断，各种疾病猖獗蔓延，疫病流行，人民处于水深火热之中。年轻的华佗面对现实的残酷，立志行医，来解除人民的疾病之苦。他研读了大量医学书籍，在实践中向群众学习，搜集各种民间药方，经过长期钻研，他的医术得到了很大提高，医疗技术也日趋成熟。当时，他家乡沛国的地方官陈珪曾推举他做孝廉，太尉黄琬也多次请他去做官，都被他拒绝了。华佗坚持在民间行医，四处奔走，不辞劳苦。

有一次，华佗在路上遇见一位患咽喉阻塞的病人，吃不下东西，正乘车去医治。华佗走上前去仔细诊视了病人，就对他说："你向路旁卖饼人家要三两萍齑，加半碗酸醋，调好后吃下去病自然会好。"病人按他的话，吃了萍齑和醋，立即吐出一条像蛇那样的寄生虫，病也就真的好了。病人把虫挂在车边去找华佗道谢。华佗的孩子恰好在门前玩耍，一眼看见，就说："那一定是我父亲治好的病人。"那病人走进华佗家里，见墙上正挂着几十条同类的虫。华佗用这个民间单方，早已治好了不少病人。

无论内、外、妇、小儿各科的疾病，只见他用药不过数种，针灸不过数处，多随手而愈。华佗更善于区分不同病情和脏腑病位，对症施治，尤其擅长外科

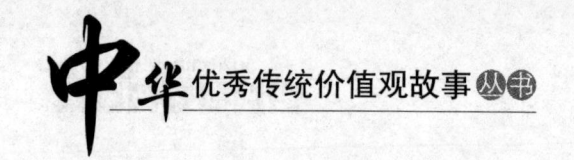

手术。进行外科手术,消除病人的痛苦很重要。只有减轻或者消除病人的痛苦,才能使手术得以顺利完成并取得较好的效果。华佗经过总结前人经验和个人的实践,发明了一种全身麻醉剂——麻沸散。这对外科的发展具有重大意义,华佗的发明要比西方早一千六百多年。

有一次,一个推车人肚子突然疼起来,而且疼得十分剧烈,便请华佗医治。华佗见他双腿屈曲,声音微弱,病情严重,经诊断为肠痈,即阑尾炎。此时用其他方法治疗已太迟了,只有实施手术。华佗让推车人喝了麻沸散,等麻醉后进行了剖腹手术,割掉了溃烂的阑尾,不久推车人便恢复了健康。

据史籍记载,华佗对那些发生在体内的疾病,如果针灸和吃药都无法治好,便实施手术治疗。术前,先让病人用酒冲服麻沸散,等病人全身被麻醉,失去知觉之后,就用刀剖开病人的腹、背。如果是"积聚"(类似肿瘤),就将它割掉;如果病在肠胃,就将肠胃切开,除去坏死的地方,洗净后缝合起来,然后在伤口处敷上药膏。四五天后,伤口便可愈合,一个月后,病人就能完全恢复正常了。

华佗十分重视对疾病的预防,认为适当参加劳动,进行体育锻炼,才是提高健康水平的重要方法。他曾经创造了一套保健体操，名为"五禽戏"。五禽戏模仿虎、鹿、熊、猿、鸟五种动物的动作，常做可以增强体质，起到预防疾病的作用。华佗的弟子吴普坚持做五禽戏，活到九十多岁时，仍然耳聪目明，牙齿完坚，足可见五禽戏的功效。

华佗由于治学得法，医术迅速提高，名震远近。正当华佗热心在民间奉献自己的精湛医术时，崛起于中原动乱中的曹操，闻而相召。原来曹操患有"头风症"，经常头痛，痛苦难忍。他听说华佗的医术很高明，便请华佗来治病。华佗采用针刺的方法，很快便治好了曹操的病。曹操担心将来再犯病时华佗不在身边无人能治，就想让华佗留下来，做他的个人医生。可是华佗怎能放弃行医，为曹操一个人服务呢。他假托妻子有病，告假回家，一去不返。曹操派人去查，说如果华佗的妻子真有病，可赐给小豆四十斛，并延长假期；如果他的妻子没病，就给华佗治罪。曹操派去的人发现华佗的妻子并没有病，回来告诉曹操，曹操一怒之下将华佗打入狱中，后来将其杀害。

华佗临死之前，将一部医学书稿交给狱吏，告诉他这部书可以救人性命，可是狱吏害怕受到牵连，不敢要。华佗无限悲愤，含泪将书稿烧掉。这是多么大的损失啊！

◆ 华佗被害至今已一千七百多年，但人们仍永远怀念他。他一生从事医疗实践，坚持在民间行医。他首创了药物麻醉法，是世界上第一个应用全身麻醉进行腹腔手术的人，在祖国医学史上留下了不可磨灭的辉煌业绩。

12. 机械设计师马钧

马钧，字德衡，扶风（今陕西兴平）人，是我国古代科技史上最负盛名的机械发明家之一，史书称他是"巧思绝世"，"天下之名巧"。

马钧年幼时家境贫寒，自己又有口吃的毛病，所以不擅言谈却精于巧思。他年轻时经常外出游历，对各种新奇的东西都要仔细研究，加上他天资聪敏，掌握了许多机械设计和制造的知识。

马钧任博士官时曾改进"绫机"。"绫机"是古代织造绫锦的提花机。这种机器起初结构复杂，操作不便，几代织工都对它进行过改造。织机上的踏板从一百二十块曾改为六十块，即使这样仍很难操作。马钧经过细心观察和思考，将它改成只有十二块踏板的新式织机，而且很容易掌握操作方法，织出的绫锦也十分精美，经常作为礼物由皇帝送给友邦。

马钧还对翻车进行了改造。古代人用翻车汲水，翻车是东汉的毕岚发明。但马钧发明的翻车比毕岚制造的

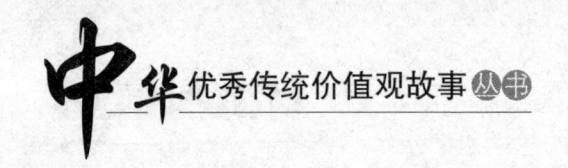

更省力，连孩童也能转动它。关于这种翻车，史书没有详细记载，但却称赞说："灌水自覆，更入更出，其巧百倍于常"。可见，马钧设计的"翻车"定是奇妙异常。

对于古代的机械，马钧也很感兴趣。他收集各种资料，悉心研究。一次，他和常侍高堂隆，骁骑将军秦朗在朝堂里争论，谈到了指南车。高堂隆和秦朗都说古代并无指南车，只不过是传说而已。马钧不同意，认为指南车古代是有的，只要好好研究研究，还能重新制造出来。马钧的话招来了一片讥讽。但马钧没有理会他们，只是说："争论没用的话，不如做做看。"高堂隆和秦朗便向皇帝报告了此事，想让马钧出丑。魏明帝听了，也想看看指南车到底什么样，便令马钧制作。马钧在没有资料，没有模型的情况下，勤于钻研，反复实验。没过多久，终于运用差动齿轮的构造原理，制成了指南车。马钧制成的指南车，在战火纷飞、硝烟弥漫的战场上，不管战车如何的翻动，车上木人的手指始终指南，得到了满朝大臣的一致称赞，从此，"天下服其巧也"。

马钧还曾为魏明帝制作过一套精妙绝伦的活动玩具。当时，有人向皇帝进献过一套称为《百戏图》的乐舞杂技艺俑。这种艺俑大多模仿宫廷乐队或杂耍表演的情景，将表演的各种人物精雕细刻，惟妙惟肖，十分逼真。所用材料有木料或陶土等，这些艺俑虽然制作精巧，但都不能活动。魏明帝把马钧召到宫里，问他能不能做一套能动作的艺俑，使之更加活灵活现。马钧仔细看了看《百戏图》，寻思了一会儿，认为可以做到，于是，魏明帝便下诏让马钧制作。

过了不久，马钧果然向皇帝复命来了。他拿出他制作出来的《百戏图》，一打开机关，每个艺俑都活动起来，击鼓的击鼓，吹箫的吹箫，舞女姿态优美动人，杂耍艺俑的表演更加精彩，翻跟头，做倒立，令人眼花缭乱。魏明帝看过，龙心大悦，重重地奖赏了马钧。

马钧对军用机械也很有研究。据说他曾改进过连弩，即一次可发出许多支箭的武器，比诸葛亮最初的设计更加精巧，威力增加五倍。另外，他还改进过"发石车"，即一种发射石块，投掷到敌人阵地上去的武器，一次可连续发射几十块碎砖至几百步远，这在当时是很了不起的。

◆ 马钧在机械设计和制造方面都表现出了特殊的才智，并在某些方面大大超过前人，确实是一位"名巧"。

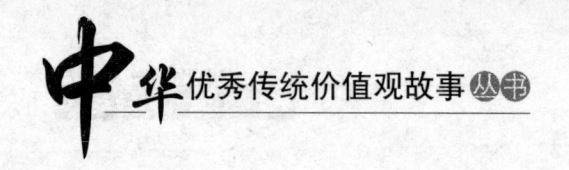

13. 锻铸工匠蒲元

蒲元，三国时期的蜀国人，生平不详。精于军械制造，为诸葛亮造"神刀"，按诸葛亮的意见造木牛流马的事迹流传至今。

早在春秋战国时期，蜀地的采矿、冶炼业已经逐渐发达。秦汉之际，冶炼业得到进一步发展，成为当时冶炼业的重要地区之一。这些规模巨大的冶炼业和先进的冶炼技术，为生长在这一地区的蒲元施展自己的才华提供了物质基础。古人在制刀方面的经验和技巧是蒲元获得高超的制刀技能的技术基础，加上他聪慧钻研，勇于实践，使他的本领更高人一筹。

据史籍记载，蒲元曾在斜谷为诸葛亮铸炼三千把钢刀。钢刀制好后，为了试验刀的锋利程度，他在大竹筒里密密麻麻地装满铁珠，然后让人举刀猛劈。结果，竹筒应声裂为两断，刀锋经过的铁珠也都裂为两半。由此看来，蒲元制成的刀确实"削铁如泥"，锋利无比。人们都称赞他的技艺盖世无双，他所制的钢刀也被称为

"神刀"。

锻造钢刀的一个重要环节就是"淬火"。"淬火"就是把打好的钢刀置于高温炉中烧红,然后放进冷水里蘸浸,让它骤然冷却。这样处理后,钢刀会变得又硬又脆。之后再将钢刀放回炉中加热回火到一定程度,钢刀就具有坚韧、锋利的性能。但是"淬火"的工艺很难掌握,过了"火候",钢刀太脆,容易断裂。"火候"不足,又不锋利。没有长期的实践经验,是无法掌握这种工艺的。

蒲元则对这种"淬火"工艺技术十分了解,并对"淬火"的用水也做过科学的研究,积累了丰富的经验。据史书记载,蒲元在为诸葛亮造三千把钢刀时,需要取水"淬火"。他根据自己的经验,认为离斜谷近的汉水水质弱,不适合"淬火";而较远的蜀江之水性爽烈,正好合适。于是便派人前去取水。不久,取水的人回来了,蒲元取水观察验看,认为其中杂有涪水,不能使用。可是,取水的人却坚决否认。蒲元就用刀在水中试淬了一下,仔细验过刀锋,肯定地说:"这里面掺了八升涪水,还说没有?"

取水的人一听,立即惊慌失措,连忙跪地叩头,说出了真情。原来,取水的人从成都背水过涪江渡口时,不慎将水打翻,他怕回去交不了差事,便在涪江里取了

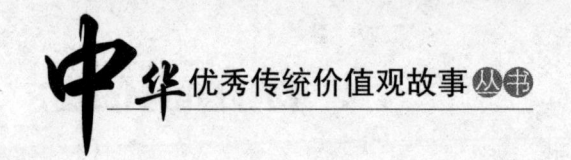

八升水掺在里面,结果却被蒲元识破。可见蒲元对各处水质均有研究,并一一做过实验,才能如此了解,蒲元对锻造的认真态度,也是他技艺高超的关键所在。

◆ 蒲元正是依靠这种刻苦认真,一丝不苟的态度,才能博采众家长处,脱颖而出,成为锻造"神刀"的能手。

14. 造车奇才解飞

解飞的生平事迹无从查考，史籍中的零星记载使我们知道他曾有过许多杰出的发明。尤其是在造车方面，充分显示出了他的才智。

在我国历史上，有无数的能工巧匠曾创造出令人称奇的杰作。在零散的史料中，我们仅能发现他们的若干事迹，无法对他们有更多的了解。然而，就是这些零星的事迹，也足以让我们产生钦佩和赞叹，他们的聪明才智永远值得我们骄傲和自豪。五胡十六国时期后赵的解飞，就是这样一位巧匠。

解飞设计制造过一种十分精巧的檀车。檀车长两丈，宽一丈，四个轮子和车轴带动着一套极为巧妙的传动装置。车有九条用木头雕成的龙，车行走时，九条龙的龙口能自动喷水。车上还有一尊木雕的佛像，佛像旁是一个木雕的侍者，只要车轮一转动，侍者便会很有节奏地用手抚摸佛像的胸部和腹部。佛像周围还有十几个木雕僧人，车行走时，僧人们可以绕佛像转动，每个僧

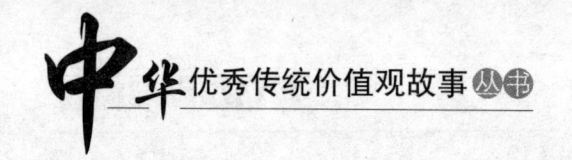

人转到佛像前都会叩头行礼,然后把手中的香放进香炉中去。

解飞还设计制造过另一种异车,名叫"旃檀车"。车的左、右两边分别安装着一副杵臼和石磨。车行走时,由机械带动杵杆和磨盘有规则地上下运动和旋转运动。车行十里,可以舂米一斛,磨麦一石。这可以说是早期的粮食加工车。

解飞还曾发明过指南车和司里车等异车,均采用了较为复杂的机械装置,遗憾的是这些异车都失传了。

◆ 从解飞设计制造的异车,我们可以看出他具有十分娴熟的车辆设计和制造技术,对机械原理也很有研究。在这位普通工匠的身上,可以看出我们祖先的聪明和智慧,使我们对祖国辉煌的文化有更深的认识。

15. 晋朝炼丹家葛洪

葛洪，字稚川，自号抱朴子，汉族，晋丹阳郡句容（今江苏句容县）人。东晋道教学者、著名炼丹家、医药学家。著有《神仙传》《抱朴子》《肘后备急方》《西京杂记》等。

炼丹术是古人为求长生不老而炼制丹药的方术。在我国，炼丹术的起源很早，东汉末年已经广泛盛行。炼丹家们希望用金属和矿石炼制出使人长生的丹药，这当然是不可能的。但是他们在长期的炼丹活动中，接触和研究了物质变化的客观规律，实际上是在从事改变物质属性的原始状态的化学实验工作。炼丹家们通过他们的实践，记录和总结了许多朴素的化学知识，为近代实验化学的产生做了奠基工作。因此，炼丹术也被人们称作是近代化学的"原始形式"。我国古代四大发明之一火药，就是炼丹家们在炼丹过程中发明的。许多炼丹家对中国古代科技的发展做出了重大贡献，晋代的葛洪就是其中一位。

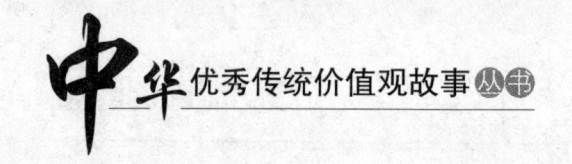

葛洪的家庭是一个没落的官僚贵族家庭。葛洪十三岁时，父亲就去世了，当时正处在西晋"八王之乱"的动荡年代，葛洪家里的生活每况愈下。尽管生活困苦，但葛洪却从小勤奋好学。家里没钱买纸笔，葛洪就自己上山砍柴，然后到集市上出售，用卖柴得到的一点钱来购买纸笔，晚上学习到深夜。葛洪读的书很广泛，对神仙方术格外感兴趣。他的堂祖父葛玄是三国时有名的道士，有套炼丹秘术，葛洪便找到葛玄的学生郑隐，拜郑隐为师，认真学习炼丹术。

葛洪青年时代，曾应人之邀在部队里任将兵都尉，但他一心想找个安静的地方进一步学习。后来他独自闯到洛阳，又南下广州。在广州葛洪结识了南海太守鲍玄，鲍玄精通养生、医药及占卜预测之学，葛洪便跟他学习，并与鲍玄的女儿结了婚。

后来葛洪又回到家乡，这时他已颇有名声，朝廷多次让他去做官，他都拒绝了。葛洪一心钻研炼丹和医学，他听说交阯（今越南）一带出产炼丹的主要原料丹砂，就请求去那里，皇帝批准了他的请求。于是，葛洪再次南行。到达广州后被广州刺史邓岳留住，邓岳为他提供炼丹的原料，葛洪便留在罗浮山潜心炼丹，同时从事行医和著述，直到去世。

葛洪一生留下了《抱朴子》《金匮药方》《肘后备

急方》等诸多著述。其中《抱朴子》一书是我国现存年代较早而又比较完整的炼丹术著作，保留下了许多极为重要的科学发现。对研究我国古代冶金技术和化学有着极为重要的价值。

《抱朴子》一书中所提到的炼丹原料有二十多种，葛洪对这些原料的特点、产地等情况做了详细说明。葛洪所应用的自然矿物的范围比前代有了较大的扩展，说明他掌握了更加丰富的化学知识。

葛洪在长期的实践中发现了许多物质变化的规律和特性。他在《抱朴子》中说丹砂加热后可分解出水银，水银与硫化合，还可还原成丹砂。这说明，葛洪已经发现了化学反应的可逆性。

葛洪还发现了金属的置换作用，认识到铜盐有杀菌的性能，他还制成了几种外表像黄金和白银的合金。所有这些都是极有价值的科学发现和创造。

在医学上，葛洪也有突出贡献。他的两部医药著作《金匮药方》和《肘后备急方》是祖国医学史上极具价值的重要著作。

葛洪还是我国最早详细记述天花的医学家，在《肘后备急方》中他所描写的"虏疮"病就是后来人们所说的天花，他的记载比阿拉伯医学家雷撒斯要早五百多年，而西方医学界一直以为雷撒斯是最早记述天花的。

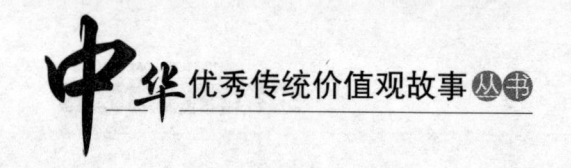

葛洪在《肘后备急方》中还详细记载了一种名叫"尸注"的传染病，这就是今天所说的肺结核一类的病。葛洪对它的传染性已经有很深刻的认识，这是世界公认的我国对结核病的最早记录。

《肘后备急方》中，葛洪还详细而准确地记载了恙虫病的临床特征和传染途径等。对恙虫病的传染媒介沙虱的生活形态也有科学的描述。这比美国医生帕姆关于这种病的记载要早一千五百多年。更为可贵的是，葛洪的记述和今天人们对此病的认识基本一致。

葛洪在书中还记载了对狂犬病的治疗方法。他说："治疗疯狗咬伤，可以把咬人的狗杀死，取狗脑浆敷伤口，以后便不再复发。"这已经采用了近代免疫学的方法。

此外，葛洪在他的著作中还首次记述了致病的疥虫，首次记述了晕车晕船等晕动病，首次提出了隔物灸法，等等。

葛洪对内丹术也很有研究。内丹术又称吐纳术、导引术，是一种以运气为主的锻炼身体的方法，是现代气功疗法的导源。

◆ 葛洪苦苦求索一生，虽然没有炼出他所期望中的仙丹，却对科学做出了重大贡献，取得了许多举世瞩目的科学成就。

16. 地图学家裴秀

裴秀，字季彦，魏晋期间河东闻喜（今山西省闻喜县）人，西晋大臣、学者。开创了我国古代地图绘制学，李约瑟称他为"中国科学制图学之父"。

裴秀出生于公元223年，他自幼好学，八岁便能出口成章。由于他才华出众，年轻时便被朝廷委以官职。裴秀最初在地官部门，负责土地、田亩赋税等方面的工作，因此接触到很多地图资料。裴秀对这项工作逐渐产生兴趣，他开始对春秋、战国以来的古代地理图籍进行认真的研究。在研究的过程中，他发现以往的地图有很多缺欠，例如：古代地图没有比例的标示，也没有确定的方位。有些地图甚至连主要的山脉、河流等都没有明确的记载，只能粗略地勾出大致轮廓，根本谈不上精确。

公元257年，司马昭到淮南征讨诸葛诞，裴秀随军前往。对裴秀来讲，这是一个了解南方地理的大好机会。在行军作战中，裴秀将途中的路程、山川、城镇等

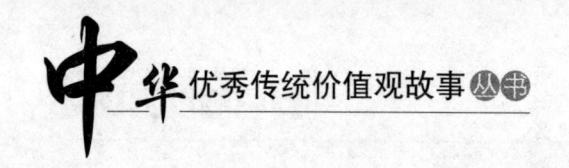

自然情况一一做了详细的记录。并且经常把自己对地形观察所得汇报给司马昭作为军事参考。裴秀的出色工作，得到司马昭的赏识，这次征讨顺利完成后，裴秀因谋划有功，被任为尚书，不久又升为尚书仆射。司马炎称帝后，裴秀先后担任尚书令和司空。

司空相当于宰相，其职责是主管国家的户籍、土地、田亩赋税和地理图籍等。这项工作正与裴秀的专长相合，也为裴秀研制地图提供了取得杰出成就的必要条件。

我国的地图起源很早，在周朝便已出现。那时的地图很简单，只对重要的城市加以描绘，大致反映各城市之间的相互位置。经过春秋、战国发展到秦汉时代，地图的内容逐渐丰富起来。先是地形、距离、城邑的位置等出现在地图上，后来由于疆界的划分、田地的分封等，使地图上的内容更加丰富，地图的作用也越来越重要。

裴秀发现，尽管地图的种类增加，内容扩展，但是地图的制作却没有形成一个统一的原则，对一些客观情况反映得不够精确。因此，裴秀决心改变这一局面。

裴秀对地图学的研究，前后经历了三十年左右时间，他边研究，边绘图，终于取得了辉煌的成果，创制了"制图六体"，编绘了《禹贡地域图》。

他创立了"制图六体"理论，也就是绘制地图应该遵循的六条基本原则。一为分率，也就是比例尺；二为准望，就是方位；三为道里，就是距离；四为高下；就是地势的高低；五为方邪，就是地面的倾斜缓急；六为迂直，就是山川走向的曲直。这是一套完整的绘图规范。今天地图学上应考虑的主要因素，除经纬线和地图投影外，裴秀几乎都已扼要地提到了。为我国制图学奠定了科学的基础，对后世地图学的发展产生了极大的影响。

裴秀绘制的《禹贡地域图》，是按晋朝的十六个州分州绘制的大型地图集。图上古今地名相互对照，是当时最完备、最精详的地图。

裴秀除绘制《禹贡地域图》外，还绘制过一幅《地形方丈图》。在裴秀之前，有人绘制了一幅用八十匹缣构成的《天下大图》。大图虽详尽，但不便阅览存放。裴秀运用制图六体的方法，以一分为十里，一寸为百里的比例尺将《天下大图》缩绘成《地形方丈图》。

◆ 裴秀可以说是我国地图学的创始人，他的突出贡献在西方同样受到重视，有些西方学者认为，裴秀完全可以同古希腊著名的地图学家托勒密相提并论。

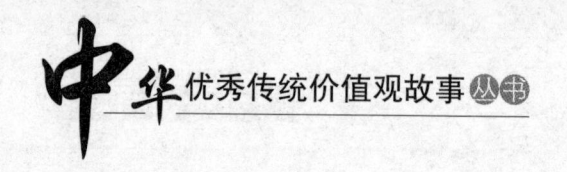

17. 科学巨星祖冲之

祖冲之，字文远，南北朝时期人，是我国杰出的数学家、科学家。其主要贡献在数学、天文历法和机械三方面。

祖冲之生活在我国南北朝时期的南朝宋、齐两代。他出身于封建士大夫家庭，家庭中充满了科学文化气息。他的曾祖父祖台之为东晋侍中，爱好文学。他的祖父祖昌为南宋大匠卿，主管土木建筑。祖冲之的父亲虽然名气不大，但对科学文化也颇多涉猎。在这样的家庭环境里，祖冲之自然受到先辈的熏陶，从小便对科学产生了浓厚的兴趣。祖冲之天资聪颖，虽然没有进过学校，也没有名师指点，但通过自己的不懈努力，博览群书，勤于实践，获得了渊博的科学知识。

祖冲之三十三岁那年，编制成了著名的历法《大明历》，这是他在天文历法方面杰出成就的集中体现。《大明历》中有许多方面属于首创，在当时是一部最先进、最科学的历法。

《大明历》最早把"岁差"引入了历法之中。由于日、月和行星的吸引,地球自转轴的方向发生着细微的变化,所以从这一年的冬至到下一年的冬至,从地球上看,太阳并没有回到原来的位置,而是年年向西移,这种现象就是岁差。这一现象最早由东晋天文学家虞喜提出,而祖冲之首次将岁差考虑到历法的编制中来,这无疑是我国历法发展史上的一个重大进步。

《大明历》中另一项重大改革是修改闰法。我国古代的历法是阴阳历,阴历根据月亮的盈亏圆缺而定,每个周期为一个月,每月二十九天或三十天,一年十二个月,共计三百五十四天左右;阳历则以太阳绕地球一周（这是古人的看法,其实应该是地球绕太阳）的周期为一年,共计三百六十五天多一点。这样,便产生了阴历与阳历在一年的天数上无法相合的矛盾。为了解决这一矛盾,古人想出了闰月的方法,也就是每过若干年后便在阴历中加一个月,从而使阴、阳历的天数调整相合。从春秋时期开始,我国一直采用十九年置七个闰月的方法,尽管这个方法沿用了近千年,但它并不精确,每二百多年便会多出一天来。祖冲之吸取先人的经验,经过自己的认真推算,采用了三百九十一年置一百四十四个闰月的新方法,使历法更为精确。按照祖冲之的推算,一个回归年的长度为365.24281481日,与今天的测定数值相比，误差仅五十秒。

《大明历》首次提出了交点月的问题。交点月，就是月亮沿白道（月亮在天球上运行的路线）运行时，由一个黄白交点（黄道是太阳在天球上运行的路线，黄白交点是黄道和白道的交点）经另一黄白交点回到起始点环行一周的时间。祖冲之推算出一个交点月为27.212223日，与今天测定的27.212220日相差不到1秒。交点月的发现，对于预测和推算日、月食的时间具有十分重要的意义。

在数学方面，对圆周率（π）的准确推算是祖冲之又一项重大贡献。祖冲之算出圆周率的数值在3.1415926与3.1415927之间，精确到小数点后七位。祖冲之的这一成果，直到一千年后才被阿拉伯的阿尔·卡西超过。祖冲之还提出了圆周率的密率和约率，密率为$\frac{355}{113}$，约率为$\frac{22}{7}$，其中密率是分子分母在1000以内的圆周率的最好的分数形式近似值。这个数值也是直到一千年后才由德国人奥托和荷兰人安托尼兹重新得出，在西方被称为"安托尼兹率"。日本数学家三上义夫曾建议将此数值更名为"祖率"，现已被国际上许多学者所承认。

据史料记载，祖冲之还设计制造了水碓磨，并广泛运用到农业劳动中。他还曾重造指南车，研制一天能行走一百多里的千里船。除此之外，祖冲之在经学、文学、政治、乐律乃至六博棋等方面都有较深的研究。

◆ 如今祖冲之的名字和成果被写在法国巴黎"发现宫"科学博物馆的墙上；他的肖像被挂在莫斯科大学礼堂的廊壁上；在月球上，也有以他的名字命名的山脉。他所做出的科学贡献，不仅使他本人成为世界科学巨星，也使古代中国屹立于世界科学的巅峰。

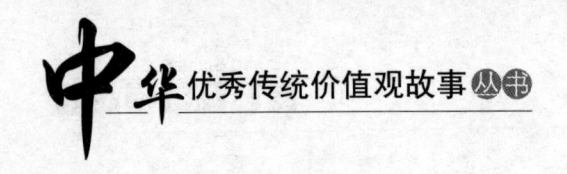

18. 冶金家綦毋怀文

綦毋怀文，姓綦毋，名怀文，襄国沙河（今邢台沙河）人，我国南北朝时期的著名冶金家，襄国宿铁刀的发明者。

綦毋怀文是我国东魏、北齐年间人，是位才智过人的能工巧匠。他改进了前人的炼钢技术，发明创造了一种新的炼钢工艺——灌钢法。这是我国古代炼钢技术的一大飞跃，对我国当时社会生产力的发展，起了积极作用，对后世的炼钢生产也有深远影响。在社会生产力极其落后的条件下，綦毋怀文做出这样的功绩是十分惊人的，这与他不断地研究思考和长期的实践努力是分不开的。

我国的炼钢技术始于战国时代晚期，人们在锻打熟铁的过程中，提高了熟铁的含碳量，减少了夹杂物，因而得到了钢，有了用钢制造的兵器和手工工具。这种方法制出的钢称为块铁渗碳钢。

后来，人们又采用折叠锻造钢的方法，进行多次的重复烧打，这样炼制的钢称为"百炼钢"。"百炼钢"比块铁渗碳钢的质量要提高很多，常用来制造宝刀、宝剑之类的兵器。

春秋末期时发明的生铁冶炼技术，随着生产的发展，难以适应社会对铁和钢的需要，于是，产生了炒炼技术。即将生铁加热成半液体或液体状态，然后加入铁矿粉，同时不断搅拌，利用铁矿粉和空气中的氧，烧去生铁中的一部分碳，降低含碳量，除去渣滓，制得熟炼，可为"百炼钢"提供更多的原料。如果控制得好，还可以直接得到钢，这种方法叫作"炒钢"。

这几种方法都不是很理想。块碳渗铁法制出的钢的质量不高；"百炼法"的制钢工艺费时费力，产量难以提高；"炒钢法"的工艺比较复杂，技术难以掌握。在这种情况下，綦毋怀文经过不断研究和反复实践，发明了"灌钢法"。

綦毋怀文的方法是：选用品质较高的铁矿石，冶炼出优质生铁，然后把液态生铁浇注在熟铁上，进行几度熔炼，使铁渗碳成钢，这样制出的钢叫作"宿钢"。这种方法与上述几种方法比有很多优点。第一可以缩短冶炼时间，提高生产率；其次熟铁由于碳的渗入成为钢，生铁也可以脱碳成为钢，由此可以增加钢的产量；第三

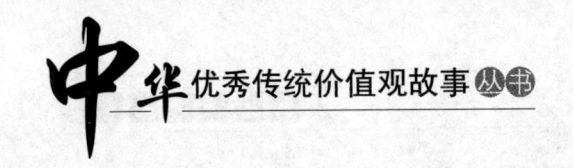

在高温下杂质可氧化除去，因而减少锻打次数；最后，这种方法操作简单，易于掌握。

綦毋怀文的这种"灌钢法"，宋朝时已流行全国，成为当时主要的炼钢方法。明朝时，灌钢法发展到了高级阶段，充分表现了灌钢的优点，还出现了生铁淋口法。即将生铁水淋浇在熟铁锻打成的工具的刃口部分，使刃口变成钢。这种方法至今仍有参考价值。

綦毋怀文还运用自己发明的灌钢法，仔细研究了前人的制刀方法和经验，创造了一套新的制刀工艺和热处理技术。

他采用灌钢法制成的钢做刃口，用熟铁做刀脊，然后采用"五牲"的尿水和油脂做淬火处理。这种淬火处理方法在当时缺少控温设备的条件下，能够熟练掌握是很困难的，需要丰富的经验和高超的技艺，显然綦毋怀文已熟练掌握了此法。这种方法当时可能是世界上最先进的金属热处理方法。

綦毋怀文用这些先进的方法制成的"宿铁刀"，锋利无比，据说能一次斩断布满铁叶的三十层甲衣，可以称得上是"削铁如泥"的宝刀了。

◆ 綦毋怀文是我国古代最优秀的冶炼专家之一，

他总结了历代炼钢工匠的丰富经验，对古代一种新的炼钢方法——灌钢法，作出了突破性发展和完善，同时在制刀和热处理方面也有独特创造，为我国冶金技术的发展作出了划时代贡献。

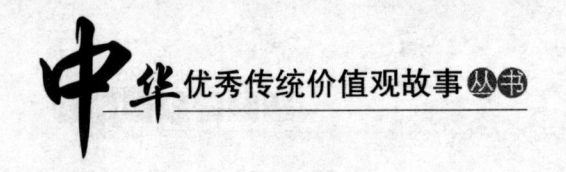

19. 声学家万宝常

万宝常，隋代音乐家，江南人。其父大通曾从梁朝部将归附北齐，后图谋逃返江南，事情泄露被杀。宝常亦因株连获罪，配充乐户，成为乐工。

万宝常是南北朝时期杰出的声学家。他潜心研究声学，发明了协调音阶的"八十四调"，在中国音乐史上留下了不朽的功绩。

万宝常家世代居住在江南，他的父亲在南朝做官，很少在家中居住。万宝常从小就跟随父亲四处奔波，父亲亲自指导他读书学习。万宝常天资聪颖，兴趣广泛，对历法、算学和音乐尤其喜爱。当时有一位著名的音乐家祖埏，精通音韵律学，万宝常的父亲很想让他拜祖埏为师，学习音乐。但就在这时，战争爆发了，万宝常的父亲北上带兵打仗，拜师学习一事就被耽搁下来。

万宝常的父亲在北方战败，被俘做了奴隶。消息传来，万宝常悲痛万分，他决定北上寻父，去分担父亲的不幸。当时万宝常年仅十岁，家里人劝不住他，便送他到了北方。万宝常找到了父亲，自己也沦为奴隶。

一次，父子二人企图逃亡，结果被官兵抓住。按照法律，父亲被处死，万宝常因为年幼被分配给乐户做奴隶。

在那个等级森严的社会里，奴隶的地位十分悲惨。尽管万宝常很有天赋，也只能做一些打柴烧水等杂活。然而，万宝常并没有放弃学习，一有空闲时间，他就找来书看。他还常借端茶送水的机会，细心倾听乐工们的演奏。时间长了，他发现乐工们奏出的曲子韵味不够，乐器合奏时也很不协调。可是万宝常只是个奴隶，接触不到乐器，找不出问题所在。

为了研究音乐，万宝常想尽了办法。他在厨房里找来各种器具，用筷子敲击，找出适当的音阶，时间长了，他居然能用碗筷奏出乐曲来。

在音乐中，万宝常找到了无尽的乐趣，他不但自己钻研，还经常用简单的厨房器皿给别人演奏。有一天，来了一位盲人，他细心聆听万宝常的演奏，一动不动，十分专注。这个人就是著名的音乐家祖埏。他因得罪了皇帝，被熏瞎了双眼，配入乐籍做了奴隶。听了万宝常的演奏，他十分惊喜，感到万宝常是一个音乐天才，他决定收万宝常为徒弟，教他音乐，万宝常自然喜出望外，当即拜师。

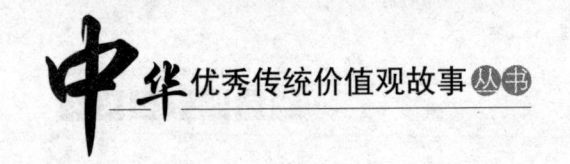

在祖埏的指导下，万宝常的进步很快，不久他便成为一名颇有名气的乐工。万宝常一心钻研音乐理论，希望能凭借自己在音乐上的成就改变自己的奴隶地位。

然而，命运偏偏和他作对，万宝常26岁时，北齐王朝灭亡，万宝常又被北周掳到长安，依然做乐工。

在长安，万宝常接触到更多的乐师，对音乐的理论也有了更加深入的理解和认识。他把物理学上的平均律原理应用到音阶的协调上，创造了"八十四调"，使音调更加丰富、更加协调。他还把琵琶的弦柱由固定改为活动，从而弹出更多音调。

北周有一位音乐家名叫郑译，与万宝常相识。万宝常将自己创造的"八十四调"献给他，郑译后来竟把"八十四调"的发明归到自己名下。

万宝常闻讯痛苦万分，他将自己的全部著作付之一炬，把自己发明的乐器也全部砸毁，在饥寒贫病中含恨死去。

◆ 万宝常虽有抱负，却因受一些权贵们的嫉恨，郁郁不得志，后来他的理论成果还被他人夺走，最后抑郁而终，我们不得不为这个音乐奇才而感到惋惜啊！

20. 酿酒奇人陈明善

陈明善，是南朝陈国的皇族。发明了被誉为"天下第一"酒的乌程酒。

在我国中古时期，最负盛名的佳酿要数乌程酒，它被誉为"天下第一"酒。

陈明善还是少年时，陈国被杨坚所灭，杨坚统一了中国，建立隋朝。陈国灭亡后，陈明善与王孙贵族纷纷逃亡。陈明善隐姓埋名，四处流浪，漂泊十几年后，杨坚之子杨广篡位。杨广即隋炀帝，他大兴土木，广召民夫，开凿大运河。陈明善也被征为民夫，他很担心暴露自己的身份，暗自寻找逃走的机会。一次，天降大雨，民夫们被大雨浇散，陈明善趁机逃走，来到了兰陵。

在兰陵，陈明善遇到了一个以前的仆人，在仆人的帮助下，他见到了隐居在那里的陈国士大夫们。当时，隋炀帝准备南巡，兰陵的陈国遗臣想借机刺杀隋炀帝，为故君复仇。

然而，为了保证隋炀帝南巡的安全，江南地方实行

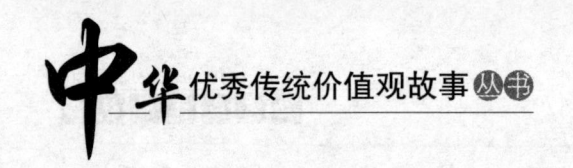

了戒严。兰陵作为一个重镇，搜查得格外严密。陈明善无法在兰陵久留，只好带着那位仆人继续逃亡。

陈明善与仆人驾着一只小船，打算到太湖去躲避一下，但是船行到太湖口岸清风镇时，遇到了正在搜查的隋兵。逃走已经来不及了，陈明善自感穷途末路，无法摆脱厄运，只有跳江自杀了。他来到船尾，正准备往江里跳，突然看见旁边一艘大船上有位少妇在向他招手，示意他不要跳江。

危难之中的陈明善无暇多想，赶紧把船靠过去，那位少妇把他藏在大船的货仓里，躲过了官兵的搜索。陈明善虽然获救了，可他的小船和仆人却被官兵带走了。陈明善想到今后的日子仍是吉凶未卜，难有出头之日，便又想投江自杀。少妇再三加以劝阻，并询问他的难处。陈明善见少妇一片真诚，就说出了自己的身世。少妇对陈明善很同情，表示愿意带陈明善到乡下去。

原来这位少妇是一位酿酒官的妻子，因为丈夫病故，她只好返回故乡。少妇与陈明善偶然相遇，两人在返乡的途中相处，互相由感激和同情而逐渐产生了爱情。本来孤男寡女容易令人产生怀疑，两人索性在船上结为夫妇，决心从此相依为命。

船儿终于到了少妇的故乡乌程，陈明善与少妇在乌程定居下来。邻居们只知道少妇远嫁给一个酿酒官，但并未见过她的丈夫，因此陈明善便假冒少妇的前夫，改叫酿酒官的姓名。日子一长，邻里之间有了来往，常有人向陈明善问起酿酒的学问，为了掩人耳目，陈明善只好学起了酿酒的技术。妻子向他传授了一些前夫酿酒的经验，陈明善又找到有关酿酒的书籍，认真钻研。陈明善经过多次实验，将麦子蒸熟，用棉布覆盖，使其发酵，然后在烈日下暴晒，干燥后做成酒母，再用谷类蒸煮过滤，便酿出了酒。

刚开始，酿出的酒质量并不高，陈明善继续钻研，改用山中的矿泉水酿酒，并加入一些植物原料，这样一改进，终于酿出了甘美醇香的好酒。邻居们喝过陈明善的酒，都纷纷称赞，很快他的酒就闻名整个乌程了。

乌程出了美酒，这消息传到官府后，官府就派人前去购买，经过品尝，果然味道与众不同。官府为了夸耀当地的特产，将陈明善酿造的酒命名为"乌程酒"，作为贡品献给皇帝。隋炀帝饮过之后，下令大量酿造，官府便命陈明善扩大生产规模。陈明善想到自己在给仇人酿酒，心中痛苦万分，但他又无力反抗，只能遵照官府之命，扩大酿造工厂，雇来大批工人，增加酒的产量。这样一来，"乌程酒"便名扬天下了。

几年之后，隋朝灭亡了，唐朝建立。这时的陈明善不必再隐姓埋名了，他与妻子继续以酿酒为业，并开设

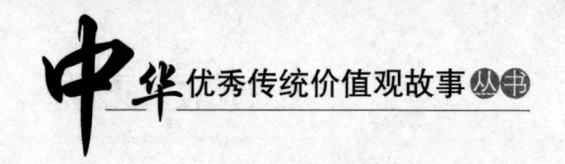

了一间酒店。后来他的子孙们也以此为业。

◆ 唐代大诗人骆宾王，一次路过乌程，听说乌程酒很有名，便特意到陈家酒店去饮酒，品尝之后赞不绝口，认为名不虚传，在酒店墙上题词："天下第一乌程酒"。后来，骆宾王还为陈明善写过一篇小传，讲述了这位酿酒奇人的不平凡经历。

21. 造桥匠师李春

李春,生平不详,隋代著名的桥梁工匠,他建造了举世闻名的赵州桥,开创了中国桥梁建造的崭新局面,为中国桥梁技术的发展做出了巨大贡献。

在我国河北省赵县南郊的洨河上,矗立着一座石拱桥,这就是存世一千四百多年的赵州桥,也称"安济桥"。这座桥至今桥体完整如初,被誉为世界上最早也是唯一留存的大型单拱石桥,是人类建桥史上的奇迹。

建造这座石拱桥的是隋代的普通石匠李春,专门从事建造房屋、构筑庭园等工作。当时,隋朝政局稳定,科技发展,农业和手工业很发达。

李春的家乡赵县,即隋代的栾州,位于南北交通线上,北可抵重镇涿郡,南可达京都洛阳。但是,陆路交通在栾州城外被洨河截断,使来往客商甚感不便,因此,在洨河上建座桥梁成为极迫切的事情。早有此打算的石匠李春对洨河的地势水势十分了解,承担了建筑此

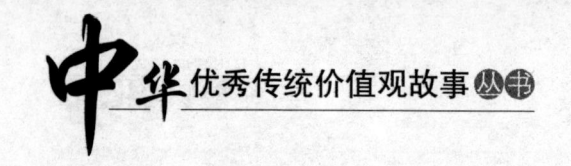

桥的任务。

李春做石匠期间，积累了大量的实践经验和技巧。他总结了前人的经验，和其他石匠一起分析了汶河的地形水位，提出了建筑一座单孔长跨石拱桥的方案。这种形制既利于舟船航行，又利于洪水宣泄，延长桥的使用寿命。这就突破了以往多拱式建桥方式，而采用一种崭新的方法。

可是这么大的跨度，若采用半圆拱形，拱顶将高达二十米，桥高坡陡，也不利于车马通行。同时，砌石用的木拱架（鹰架）过高，施工也不安全。针对这些缺点，李春大胆提出采用扁弧形拱，使拱高降低，与跨度达成一比五的合理比例。

为了适应泄洪的要求，结合汶河汛期水势较大的特点，李春提出了独具匠心的设计，即在大拱的两肩上各设两个小拱，这样，即可以节省石料，减轻桥身重量（四个小拱可省石料二百六十立方米，可减桥重七百吨），又可以在汛期增加过水面积，保证桥梁的安全。经过精心设计的石拱桥外形也均衡对称，十分美观。明代人称它宛如"初月出云，长虹饮涧"。

为了保证桥梁稳固安然，选择桥址是建筑工程中的关键。李春周密考察了洨河河道及两岸地质情况之后，决定将桥址选定在栾州城南洨河河道较为平坦的地方。

选定桥址后，李春和其他工匠开始了建桥的筹备工作。为了将产于离桥址三十至六十公里的元氏、赞皇和获鹿等县的青白色优质石灰岩运到建桥工地上来，他们采用冰运的方法。即将运集石料的日期选在冬季，在运送石料的道路上浇上适量的水，冰实后成为冰道，将大批石料沿冰道运抵目的地，节省了大量人力、物力。

建桥工程正式开始了。李春带领工匠们在天然粗砂层地基上用五层料石砌成厚一点五四九米，宽十余米的桥台。并在桥台边打下木桩，防止桥台移位，稳固桥台，还延伸桥台后座，减少桥台水平移动。此外，李春在桥台沿河一侧设置了防止水流冲蚀的金刚墙，以保护桥基，也加固了桥台。

桥身采用"纵向分圈砌拱法"筑成，即将桥身大拱分为二十八圈，每圈用四十三块拱石以建筑基拱的传统方法砌成，并以一对腰铁将石块嵌接牢固，使拱圈连成坚实的整体。这种方法只要在河上搭建一座宽约半米至一米的脚手架，即可施工。一圈完成后，移动脚手架的位置，又可砌筑了，十分方便省力。

为了避免两侧各圈外倾塌落，李春又采取了许多措施。即在拱两侧设有护拱石，利用摩擦力阻止拱圈外倾；每侧有勾石六块，长一点八米，外端伸出五厘

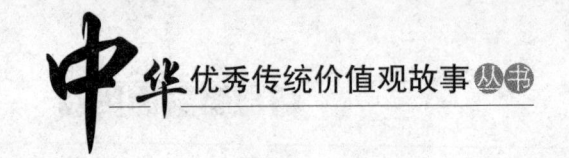

米勾住主拱圈，防止主拱外倾；主拱中设铁拉杆五根，四个小拱各设一根，共九根夹住二十八圈拱石；圈与圈之间也在拱背上用腰铁连接牢固；拱圈自拱脚向拱顶收分，拱顶较拱脚窄七十一厘米，这样也可以挤紧石料，防止外倾。这种工艺技巧，大大提高了石桥的稳固程度。

赵州桥的装饰也极为精美。除桥身形如彩虹的整体美外，还兼顾了桥上的栏板、望柱等部分的美观。桥上的四十四根望柱大都雕成竹节状，顶部有雕刻造型新颖的狮首石像；四十二块护板则雕以各种样式的龙兽之形，神态逼真呼之欲出；仰天石和龙门石雕饰以龙头和莲花状图案，构思精妙，令人暗暗称绝。

这座雄伟壮丽的赵州桥经历了历史的严峻考验，承受了一千三百八十年的风吹雨打，八次以上地震和八次以上战争的损害以及日夜不息的人畜车马的重压，至今仍雄踞在洨河上，桥基仅下沉五厘米，不能不引起人们对这位古代建桥者李春由衷的钦佩。同时，也为中华民族的勤劳智慧感到骄傲和自豪。

李春设计的这种"敞肩式"石拱桥，已经成为世界上最古老的一座石拱桥。欧洲十四世纪，才建成同样形制的石拱桥，即法国泰克河上的赛雷桥，比李春建造的赵州桥晚了七百年,并且早已毁坏无存了。

◆ 赵州桥是我国古代劳动人民智慧的结晶,也是我国文化史上的瑰宝,但愿它能世世代代永存世间。

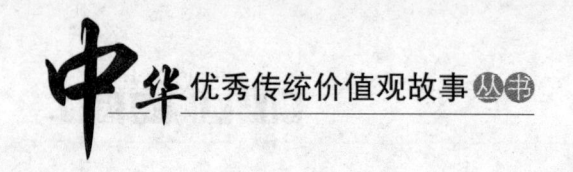

22. 建筑家宇文恺

宇文恺，字安乐，朔方夏州（治所在今陕西靖边县境内）人，后徙居长安。中国隋代城市规划和建筑工程专家。

公元六世纪的中国长安，曾崛起过一片雄伟的新城，它的宏大规模，它的严谨设计，在当时的世界上都是独一无二的。负责这座新城设计建造的就是隋朝杰出的建筑大师宇文恺。

宇文恺公元555年出身于贵族家庭。他家世代习武，几个兄长都是武将，只有宇文恺喜欢读书，精熟历代典章制度和多种工艺技能，在建筑方面有很高造诣。

宇文氏是北周皇族，隋文帝杨坚代北周立国之际，为了巩固自己的政权，对宇文家族进行诛杀。宇文恺因为他的哥哥宇文忻对隋有功，这才得以幸免。隋文帝颇重视人才，让宇文恺负责建筑方面的事宜，宇文恺才逐渐显示出他的才华。

隋朝建立后，定都长安。当时的长安城已狭小不堪，不适应社会发展的需要。公元582年，隋文帝下令营建新都，整个工程由高颖、宇文恺主持。宇文恺虽然身担副职，但他是事实上的设计建造者，当时他年仅二十八岁。

新都城址选在长安城东南龙首川一带平原上，名为大兴城，营建时间仅九个月。大兴城规模宏大，气象雄伟，全城分为宫城、皇城和外廓城三大部分，总面积约八十三平方公里。新城划分为宫殿、衙署、住宅、商业等不同区域。城内南北向大街和东西向大街形成网格布局，把全城分成一百一十个方块，整齐严谨，交通便利。城里水源极为丰富，龙首渠、清明渠、永安渠分别将浐水、潏水和交水引入城中，既便于航运又给城区增添了风景。

大兴城的建成，是我国隋朝科学文化发展的重要标志之一，它的规划布局对我国城市建设产生了深远影响。到唐朝，大兴城改称长安城，是当时世界上最大最繁荣的国际性城市。遗憾的是，这座古城在公元904年被朱温破坏，变成废墟，使我们再也无法目睹它的风采。

完成大兴城的设计建造之后，公元584年，宇文恺又受命主持开凿了广通渠。广通渠从大兴城到潼关，连接渭水和黄河，全长三百多里。广通渠建成后，极大改

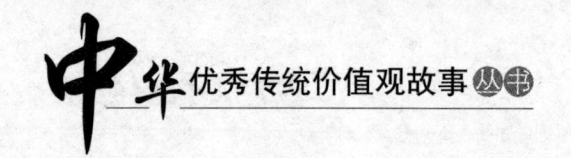

善了水路运输，对农业灌溉也发挥了很大作用。广通渠工程对隋朝开凿大运河提供了宝贵经验，宇文恺在设计开凿这项水利工程过程中，再次显示出他惊人的组织才能和杰出才华。

公元605年，宇文恺又主持设计建造了东都洛阳城。

洛阳城的规划设计与大兴城基本一致，只是在规模上比大兴城略小一些。洛阳城也分为宫城、皇城和外廓城三部分。洛水由城中横贯而过，把城区分为南北两大区。北区为行政区，宫城和皇城都在这里。南区为官民住宅区。城内有三个大规模的国际性市场，其中北市紧靠洛水，商船可以在这里停泊。洛阳城的宫殿比大兴城更加富丽堂皇，东都建成后逐渐发展成为隋朝的政治、经济和文化中心。

宇文恺的才能是多方面的，他还曾造过"观风行殿"。这是一种活动大殿，大殿下装有轮轴，可以移动，上面可以容纳数百人。他还曾准备修建举行大典的"明堂"，模型做好后，还没来得及施工，宇文恺便于公元612年病逝了。

作为杰出的建筑大师，宇文恺对我国城市规划和建设做出了突出贡献。宇文恺著有《东都图记》《释疑》《明堂图仪》等书，可惜除《明堂图议》尚保存一部分外，其他著作都失传了。

◆ 宇文恺的一生，主要是担任营造方面的高级官员，主持过许多大型的建筑工程，起着相当于现在工程总指挥、总设计师和总工程师的作用。他在建筑方面取得了许多重大的成就，有些成就甚至具有划时代的意义。

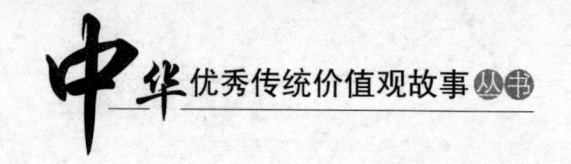

23. 制琴名手雷威

雷威，生平不详，唐代著名的古琴制作家，是唐代制琴名手四川雷氏中的佼佼者。

在我国北京故宫博物院的珍宝馆里珍藏着几部古琴："九霄环佩""松雪""响泉""春雷""忘味""百纳"等，仅从这些名字就可以看出这几部古琴的音响效果。或如环佩叮当，似天外来音；或如泉水叮咚，让人迷醉；或可仿百音，拟万物之声。一定都是美妙动人的传世名琴，在我国音乐史上占有极其重要的地位。事实也的确如此，这些琴都出自蜀中成都雷威之手，精妙无双。

我国是个历史悠久的文明古国，音乐、舞蹈和乐器的起源都相当早。早在周代，就出现了七十余件乐器，分为八种，"丝之属"中就有琴、瑟等，可见周代已出现了琴。历代文人已把琴、书、剑作为随身携带的宝物。随着琴在文人墨客中的普及，琴谱也不断出现。到唐朝时，我国的文化事业发展到鼎盛时期，古琴的制作也有了很大进步，当时制琴技艺最为高超的当数成都雷家。

雷威，其家世代以制琴为业。到雷威这代，制琴手艺已精湛绝伦，巧夺天工。雷氏古琴，也已美名远播，蜚声天下。凡经雷威亲手制成的古琴，音色纯正、柔和甜美，音质清纯、激越，音量浑厚，余韵袅袅。

雷氏古琴精妙异常，必有独到之处，但他秘不示人。据记载，苏东坡为了查找古琴的精妙所在，特意将自己收藏的一张雷琴拆开研究。结果发现：琴内有两个共鸣池，琴背微微隆起。这种制式的古琴才具有特殊的音质、音色和音量，也是雷氏琴的绝妙所在。

这些特殊之处也是雷氏家族长期摸索出来的，但仅有"不传之秘"，也是不够。雷威制琴极为谨慎和认真。古时制琴多采用桐木，但雷威则不同意这种观点，认为制琴未必都采用桐木。为了选择优质材料制琴，雷威酒酣之后，冒雪前往峨眉山寻找佳材。他在山里静听风声、雪声，寻找能在风雪之中发出"连延悠扬"之声的树木，做下记号，然后砍伐下来用作琴料。他认为经过这样选定的材料，才是最好的做琴材料，甚至"妙过于桐"。无论这种方法是否科学，但他这种精神十分可贵，这也是他能够做出优质古琴的重要保证。

雷威的制琴工艺也极为高超、精细。据史籍记载，

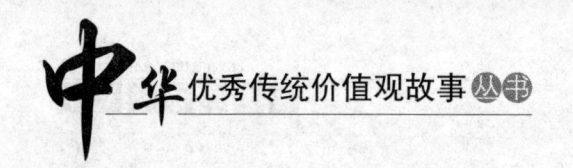

雷威制作的古琴有其独到的长度、天柱和地柱的厚度规定之外，还有两个奥秘所在。一是琴腹内适宜安装"风足"之处必须放有"小厄"，其作用能使声音过厄时不能直达，而婉转悠扬，韵味悠长；二是使琴底低洼，如同一片仰着的瓦，使声音有所关闭而能直达，达到控制声音拢而不散的效果。

　　雷威对每张制好的古琴，都要精心审检，拿到无为山顶去校音。据说无为山顶环境最适合用于调测弦音。据载，雷威一次在无为山校琴，但校了很长时间都未能较准，正在烦恼之时，一位老人正巧路过，给他一些指点，使他恍然大悟。事后，他虚心地向老人表示感谢。雷威的这种谦虚好学的精神，使他的琴具有最佳的"合音"效果。凡是经过测定的古琴，雷威都仔细地标明其品第。分为"玉徽"（最佳）、"瑟瑟徽"（次佳）、"金徽"（再次者）、"螺蚌之徽"（又次者）。

　　◆ 雷威的古琴流传至今，让现代人饱览这一古代文明智慧的结晶，也留下了雷威这位能工巧匠的名字。

24. 医学家崔知悌

崔知悌，许州鄢陵（今河南鄢陵）人。崔氏出身官族，历任洛州（今河南）司马、度支郎中、户部员外郎等职，公元679年官至户部尚书。政事之暇，喜欢从事医疗。他研究医药书籍，集合众长，提高技术，临床诊治药到病除，颇多创造。

在人类史上，结核病曾经是对人类危害最为严重的一种可怕的疾病。根据文献记载，结核病造成的死亡人数曾占人类死亡总数的百分之十五。结核病可以说是伴随人类而来的，任何民族和地区都有它的存在。在古代，医学界一直在为克服这种令人恐惧的疾病而不停地探索，但并未能有效地控制它，甚至未能对它有一个较为正确的了解和认识。在我国古代，结核病被称为"骨蒸病"，在对骨蒸病的研究过程中，曾产生一位足以令今天的中国人自豪的医学专家，他在世界上最早发现了结核同源的理论，对我国医学做出了突出贡献，他就是我国唐代医学家崔知悌。

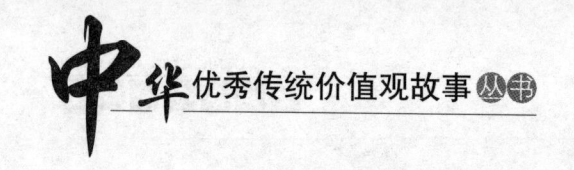

崔知悌出生于唐朝初期。他的家里很富有，父母从小就让他读书，崔知悌很勤奋，学业上进步很快，青年时期就得了功名。由于他才华出众，颇受朝廷的赏识，在朝中任中书侍郎。

虽然很多人都羡慕崔知悌年轻有为，可崔知悌的志趣却并不在此。小时候，崔知悌曾亲眼看到许多人得一种奇怪的病，体力逐渐衰弱，最终生命枯竭呕血而死。得这种病的人很多，患病时间又很长，患病者痛苦难当，却没有医生能治愈。更为可怕的是，这种疾病能传染给别人。为此，崔知悌曾看过许多医学书籍，希望能找到根治此病的方法。每当听说有人染上这种疾病后，崔知悌总要去探试，向病人询问病情，掌握临床症状，做好记录，然后反复进行研究。然而做官之后，每天被烦琐的公务所累，就没有更多的时间和精力从事这项研究了。为此，崔知悌心中很是苦恼，病人们被疾病折磨的痛苦形象常常浮现在他的脑海之中，时刻困扰着他。

官场的种种应酬和权力之争也使崔知悌厌倦了，他决定，辞官行医，继续进行研究，来救治千百万被病魔折磨的病人。他觉得，这比在朝廷做官的意义要重要得多。

崔知悌所研究的就是骨蒸病，即结核病。在当时的条件下，皮肤结核和骨结核等比较容易判断，而像肺结核这样无法用肉眼观察到的病症就很难鉴别了。正因为如此，很多医生都把肺结核当成衰弱症来治，这样，药不对症，当然无法治愈了。

崔知悌经过认真研究，得出了结核同源的结论，把几种结核病都归纳在"骨蒸"病症之下，指出它们同为一种病源，这可以说是结核病史上的一次重大突破，为结核病的研究提供了新的方向，对医学界做出了重大贡献。

在西方，直到十九世纪初叶，法国人雷匿克才做出了结核病同源同病的结论。

崔知悌总结自己的研究所得，写了许多关于结核病的书，如《骨蒸病灸方》《崔氏纂要方》《崔氏骨蒸方》等。此外，他对妇产科等也有较为深入的研究。

在研究结核病的同时，崔知悌还采用火灸法来为结核病人治病。火灸法是我国古代医术针灸法中的一种，利用这种方法，崔知悌治愈了200多名结核病患者，这在当时是多么了不起的成绩啊！

◆ 今天，医学工作者已经找到了治愈结核病的有

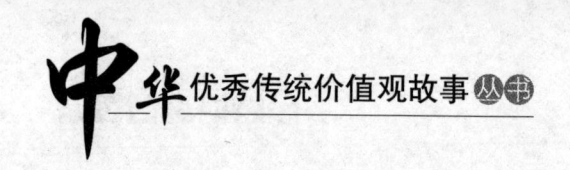

效途径，结核病已不会再对人类构成威胁了。但我们不应该忘记，在人类同结核病斗争的历史上，曾出现过一位杰出的中国医学家崔知悌。

25. 天文学家一行

一行，本名张遂，魏州昌乐（今河南省南乐县）人，唐代著名的天文学家和佛学家。发明了黄道游仪、水运浑天仪，编制了著名的《大衍历》，并在世界上首次测量了子午线的长度。

张遂的曾祖父是唐太宗李世民手下功臣张公谨。张遂出生后，他的家庭已经败落，家道贫寒，生活窘迫。张遂小时候很勤奋，读书用功，涉猎的内容也十分广泛。张遂对历象、阴阳、五行等方面的书籍格外感兴趣，很小就对这些深奥的知识有较深的了解。

唐朝的都城长安内有许多著名的道观，这些道观内都有丰富的藏书。当时有一个名观叫玄都观，张遂常去那里向道长尹崇求教，并从观内借书阅读。有一次，张遂向尹崇借了一本汉代著名玄学家扬雄所写的《太玄经》。几天后张遂去还书，严崇见他这么快就来还书，便不满地说："这本书的内容十分深奥，我已经读了好几年，还没有彻底弄通，你还是回去认真地读一下

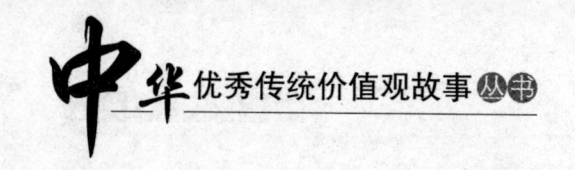

吧。"张遂答道:"这书晚生确实读完了。"说完拿出自己读后所写的心得,尹崇看后大加赞叹,把张遂比作孔子的第一高徒颜回。

张遂的名声传开以后,武则天的侄子武三思出于政治上的阴谋想要拉拢张遂,张遂不想得罪他,又厌恶权势,便决定离开长安。

张遂离开长安后,远行到嵩山,在那里他遇到了高僧普寂,并对佛教产生了浓厚的兴趣。不久,张遂便拜普寂为师,做了和尚,取法名一行。

公元717年,唐玄宗李隆基派人专程将一行召入京城长安,并亲自召见了他。唐玄宗询问一行有何专长,一行说:"我只是记性好。"唐玄宗于是命太监拿来一个内院宫人的名册,让一行记,一行翻看一遍后,立即将名册背了出来,使唐玄宗大为震惊,连忙走下御座向一行行礼,称一行为圣人。从此唐玄宗一直将一行当作自己的顾问。

当时唐朝使用的历法是《麟德历》,年久失修,误差很大,唐玄宗便命一行主持修订历法。一行在编制新历之前,先创造了一系列天文仪器,用于观测日月星辰的运行情况,以确保新历法的科学准确。其中,一行创造的黄道游仪和水运浑天仪等具有极其重要的意义。

黄道游仪是古代天文学仪器浑仪的一种,主要用于观测日、月、星辰的位置及运行情况。一行与当时著名的机械专家梁令瓒一同创制的黄道游仪改进了旧有仪器的缺陷，大大增加了测量的准确性，是当时世界上最先进的天文观测仪器。

水运浑天仪是在水力的驱动下模仿天体运行的仪器。这是一行和梁令瓒根据汉代大科学家张衡的成果研制而成的。球形的浑象上刻着二十八星宿和黄道、赤道等，浑象外安装着两个圆环，上边各装一个球标，分别代表日、月。浑象由水力系统推动运转，有规律地演示日、月、星辰的运转情况。水运浑天仪上立着两个小人，由木头刻成，用齿轮带动，自动敲鼓报时刻。水运浑天仪最终启发宋代大天文学家苏颂等人创造出了水运仪象台，成为世界上最早的机械钟。

仪器制成之后，一行又组织了一次大规模的天文观测活动。这次观测地点多达十三处，北起铁勒（在今蒙古人民共和国境内），南至林邑（在今越南境内），测量的内容包括春分、秋分、夏至、冬至正午时分八尺标杆的日影长度、北极高度、昼夜长短等。测量中一行计算出北极高度差一度，南北两地相隔三百五十一里八十步，换算成现代长度就是151.07公里，尽管这个长度比地球子午线一度的弧长要大一些，并不很精确，但它却是世界上第一次测量子午线的长度。在国外，九十年后

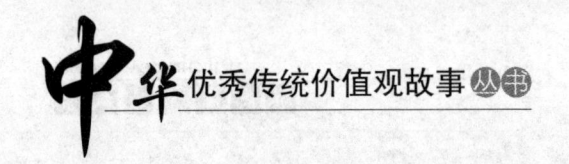

阿拉伯天文学家阿尔·花剌子模等人才在幼发拉底河以北的新查尔平原和苦法平原进行子午线的实际测量。英国著名学者李约瑟称一行主持的这次测量是"科学史上划时代的创举"。

在大量准备工作结束后,一行开始着手编制新的历法,遗憾的是,新历法《大衍历》刚刚完成初稿,一行便离开了人世。最后,张说、陈玄景等人以一行的初稿为基础,整理完成了《大衍历》。《大衍历》是当时最优秀的历法,也是我国历史上较优秀的历法之一。

《大衍历》颁行后不久曾遭到守旧派的反对,唐玄宗命人根据实际测到的日食结果对《大衍历》《麟德历》和印度传入的《九执历》进行比较。结果证明十次之中《大衍历》预测到七、八次,《麟德历》预测到三、四次,而《九执历》只预测到一、二次,就这样,《大衍历》得以继续使用,后来又传到日本。

◆ 一行编制的《大衍历》比较准确地掌握了太阳在黄道上运动速度变化的规律,在对日食和月食的预告方面也比过去的历法准确,为我国天文学的发展作出了巨大贡献。

26. 制墨名家李廷珪

李廷珪，原姓奚，奚廷珪。后由南唐后主李煜赐姓改称李廷珪。中国古代的制墨名家大师，"廷珪墨"在历史上很有名。

在北京故宫博物院里，有一锭古墨，上有清朝乾隆皇帝的题字，据说此墨就是唯一传世的"廷珪墨"，已成了稀世珍宝。

历代文人向来重视文房四宝，墨也是其中之一。墨与文字一样，始于黄帝时代，甚至还要早些。龙山文化遗址出土的大量黑陶，外表黝黑发亮，是当时的制陶工用烟熏和渗碳的方法获得的。这说明，在三、四千年前，人们就已经会使用炭黑，即墨的主要原料。到了夏、商、周时代，墨的使用就更为广泛了，制墨的原料也更加丰富，从天然植物、矿物甚至动物，最后发展到用松烟制墨。松烟造墨的出现，是制墨史上的一个重大转折。从此，墨才摆脱了原始天然的粗糙形态，进入了精工细作、精益求精的发展时期。

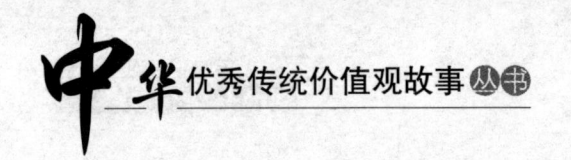

汉末起，制墨工艺也日臻完善，同时出现不少制墨名家。如韦诞，首次在墨中加入麝香、珍珠等贵重药物；三国时，墨已有了形制；东晋时，墨形制为锭、挺、丸三种，并经常被作为厚礼馈赠他人。从南北朝至唐代，河北易水一带成为制造高级松烟墨的重要地区，奚超、奚廷硅就是唐朝末年河北易水的制墨名家，他们因避战乱迁至歙州，继续以制墨为业。

歙州是文化之乡，制砚、制墨业十分发达。奚氏父子在古法的基础上，博采众家之长，不断创新，终于创造出优质的墨品，成为当地首屈一指的制墨高手。酷爱佳墨的南唐后主李煜对奚超一家的高超制墨技艺十分欣赏，便封奚超为墨官，赐奚氏全家为李姓以示恩宠，奚廷珪因此改姓为李廷珪。李廷珪将祖传的制墨工艺加以改进，使"李墨"的质量又前进了一步，被誉为南唐"三宝"之一，甚至有"黄金易得，李墨难求"之说。

李廷珪将各家制墨工艺融合在一起，精心制作墨品。他采用色泽浓重、质地沉重的歙州松烟为原料，改进配料内容，以麝香、巴豆、犀角、珍珠、玉屑、龙脑等十二物入墨，用和胶调制。墨料配好之后，要将每剂墨料捣上十万杵，才能定型出墨。墨的形状、重量也很讲究，遵循"重不过二、三两"，"宁小不大"的原则。李廷珪制成的墨能防蛀防腐，久贮不变；磨墨之时芳香沁人，气味宜人；书写时畅快淋漓，流畅不滞；墨迹光彩照人，经年不褪。"李墨"的样式也很多，有"乌玉块""双脊鲤鱼""蟠龙弹丸""剑脊龙纹圆镜"等，"李墨"的优良品质深受人们喜爱，被誉为"坚如玉，纹如犀"。

宋朝人徐铉说幼年时曾与其弟徐锴共用一锭"李墨"，每天写五千余字，十年才用完。据说宋太祖赵匡胤灭了南唐，将搜掠到的一批"李墨"磨了，涂刷相国寺大门，结果墨色纯正，光泽如漆，使寺门更增光辉。

◆ "李墨"质量优良名贵，性能超群。北宋时，"李墨"已成珍品，文人墨客都将之作为家中珍品传至后代。

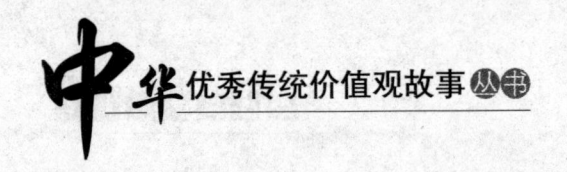

27. 砚官汪少微

汪少微，安徽歙县人，生平不详。曾当过南唐督制"砚务"的砚官，由于他业绩突出，受到南唐后主李煜赐姓奖赏。

砚，是文房四宝之一。秦代以前，只是根据石块或鹅卵石的天然形状，进行简单的加工，做成的一种研磨器，没有形成一定的形制。汉代起，砚的制作开始讲究起来，做工精美，选料精细，并配有雕饰，十分美观。唐代时，石砚的制作技艺更加精良，品种也日益繁多，出现了鲁砚、端砚、歙砚、洮砚四大名砚，其中歙砚堪称魁首，而制作歙砚的名工巧匠，当数南唐时期的歙州砚工汪少微。

砚台之所以受到文人墨客的喜爱，除了它的实用价值外，还有很高的观赏价值。它集绘画、书法和雕刻艺术于一体，充分体现了历代制砚能工巧匠们的智慧和才华。

汪少微制作的歙砚具有普通砚台所不及的优点，才能成为石砚之首。歙砚的石料产自江西婺源县的龙尾山。婺源，唐代至北宋宣和三年属歙州，故此地所产的砚台称为"歙砚"。传说唐朝开元年间，有一个姓叶的猎户进山狩猎，发现了一头奇兽便尾随其后，来到人迹罕至的深山，突然奇兽消失了。猎人发现山上的石头层层叠叠，十分规整，在夕阳的映照下，闪着七彩光华。这位猎人也会制砚，他便采下一些石头，回家琢成砚台，请人品评，人们齐声说此砚温润远超过端砚。从此以后，歙州的砚工纷纷进山采石，制作砚台。盛产砚石的山叫作龙尾山，做成的歙砚因此也称为龙尾砚。

汪少微采用的石料也是龙尾山的石料，但是龙尾山的石头也不是都能用来制砚，需要缜密的勘察，鉴定出石料的品质，开采出来才能制成优质歙砚。据资料记载，龙尾石可分为五品：眉子石、外山罗纹、里山罗纹、金星、驴坑。其中的罗纹又分成刷丝、暗细等十种品级。没有丰富的知识和实践经验，是无法从偌大的龙尾山里发现品级优秀的砚石的。汪少微就是凭着自己的慧眼，准确地判断，严格地选料的。所以汪少微制成的龙尾砚，声如温玉，贮水不耗，历寒不冻，而且具有发墨利笔、温润坚劲的特点。另外，根据所取名字的不同，各自具有特殊的品质。

汪少微制作的龙尾砚不仅选料讲究，而且工艺也十

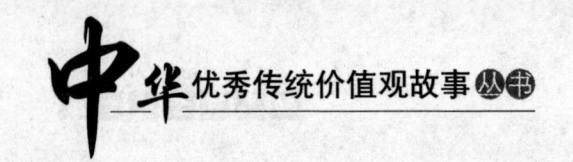

分精湛。汪少微为南唐李后主制作的一具龙尾砚，就是一件巧夺天工的艺术珍品。这具砚台约一尺长，砚上琢有三十六座山峰，姿态各异，或高耸，或对峙，或连绵，或独处，设计巧妙，造型优美，堪称天下之冠。正因如此，李后主才封他为砚官，赐他李姓的。

◆ 汪少微和他制作的龙尾砚在我国制砚史上留下了闪光的一页，古代砚工的智慧和才智也让人们深深地叹服。

28. 造塔大帅喻皓

喻皓是五代末、北宋初期的著名木工,出生在江浙一带,生平不详。

五代末年,喻皓在吴越国做木工,很有名气。此时,梵天寺正在建造一座方形木塔,这座塔是吴越王特意命工匠建造的。木塔建到第三层时,监工发现主架摇晃,便问主持造塔的工匠,工匠说:"主架完全造好后,就不会摇晃了。"

主架造好了,吴越王前来查看,他见方塔外形宏伟,心里高兴,便亲自登塔,结果塔身晃动得更厉害了。吴越王吓得心惊胆战,急忙下塔,责问主持工匠,主持工匠惊慌地解释说:"塔顶还没布瓦,上面太轻,难免摇晃。"吴越王半信半疑,便命匠人尽快把瓦布好。

塔顶布瓦完毕,塔身仍旧摇晃,连主持工匠也不敢登塔了。这可怎么办,方塔建不好,吴越王是不会饶过他的,主持工匠一筹莫展,这时他想到了喻皓,自己又不肯低头请教,便派妻子前去。喻皓听后,便说:"这

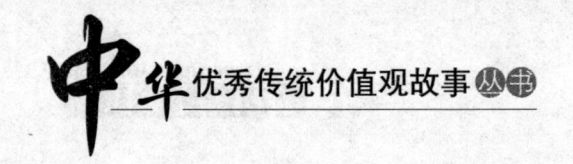

个不难，只要一层一层铺上板，用钉子钉实，塔身就不会摇晃了。"主持工匠按此办理，果然塔身安稳了。从此，喻皓的名声更大了。

北宋初年，喻皓来到京城，担任都料匠，掌管建造开宝寺塔的设计和施工任务。喻皓设计的这座塔高三十六丈，共十三层，塔身呈八角形，是京城里最高的建筑，远在城郊四十里也能看见它的巍然雄姿。

为了建好这座塔，喻皓先根据设计方案，做成比例缩小的模型。他每天对着模型仔细推敲，并听取他人的意见，对模型的各个部位认真审核，然后才开始正式施工。经过一年多的时间，高塔建成，全城的百姓都来观看。

人们发现这座塔的北面略高于南端，整个塔身向西北方向倾斜，都以为这是施工造成的。喻皓笑着向大家解释：塔北面略高于南端，是因为塔北面数十步，就是横穿城里的五丈河，河水长年流过，浸蚀河床两岸的地基，容易造成沉陆，一百年后，塔身必然可以矫正；塔身向西北方向倾斜，是考虑到西北风的影响，京城地势平坦，四面无山，西北风年年吹来，积年累月，塔身受风力作用，慢慢就会立直了。

人们听了恍然大悟，十分佩服喻皓的用心周密。可见喻皓对建筑颇有独到见地，他不仅注重设计和施工，还考虑到自然条件对建筑设计的影响。丰富的实践经验，坚毅的钻研精神是喻皓成为出色造塔大师的关键。

此外，他还十分注意学习他人的技术经验。当时，京城天街以西的相国寺中的建筑结构有十项构思十分奇特，被称为"十绝"。相国寺门楼的卷檐就是其中一绝，喻皓每次走过门楼，都要仔细观察，站久了就坐下，坐累了就躺下。这种锲而不舍的钻研精神使他取得了丰硕的成就。欧阳修在《归田录》中曾称赞他到"国朝以来木工一人而已"。

◆ 喻皓曾把自己建筑方面的思想和经验总结起来，写成《木经》三卷，但不幸失传，这是我国建筑史上的一个重大损失。

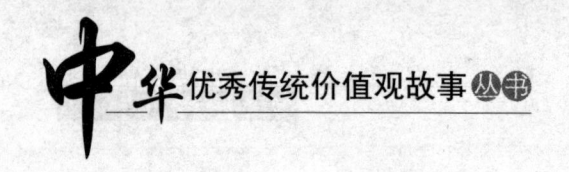

29. 制笔名家诸葛高

诸葛高是北宋人,生平不详,是唐代制笔名工诸葛氏后代,擅制"散卓笔"。

毛笔是中国的"文房四宝"之一,文人墨客向来重视,甚至要用它随侍后世。湖南长沙左家公山战国楚墓中出土的一支毛笔,杆长十八点五厘米,直径四厘米,笔头长二点五厘米,笔尖夹在劈开的实心笔杆中,外用丝线缠扎、涂封漆层。整支毛笔贮藏在一节小竹管中,出土时完好如初。看来墓的主人生前一定十分喜爱此笔。

据史籍记载,秦朝时,毛笔已被广泛应用,秦朝将领蒙恬曾用柘木制成笔管,用鹿毛和羊毛制成笔头,改进原有的制作工艺,这种笔被称为"苍毫"。

西汉的"居延笔"和东汉的"白马作""史虎作"笔实物已有出土。汉末至三国已出现张芝、韦诞这样的制笔名家。到了唐代,制笔业更加兴盛,精制的毛笔也随中日文化交流传到日本。宋代时,毛笔的制作更加精巧，制笔名工层出不穷，诸葛高就是其中非常出色的一位。

诸葛高家世代制笔，所做毛笔唐代已负盛名，被称为"宣笔"，很受文人、士大夫喜爱。到了诸葛高这一代，制笔工艺又有了进一步的发展。诸葛高勤学好钻，经过长期的研究、琢磨，掌握了更为精细高超的制笔技艺，成为一代制笔名家。他的"散卓笔"最为突出，几乎无人能比。

宋代诗人苏轼曾对此做过认真探究，他认为诸葛高制作的散卓笔，具有特殊的制作工艺。当时许多人学做此笔，但因为不得要领，只能做到形似而已，做出的笔还不如普通的毛笔。他认为诸葛高是采用生毫做笔头，笔做成后，要放置到饭甑（古代蒸饭的一种瓦器）里蒸，煮熟一斗米饭的时间后取出，再悬挂在水瓮上数月，然后才取下使用。宋代诗人黄庭坚在自己的著作中曾描述过这种散卓笔，此笔笔毫长半寸，另一寸藏在笔管之中，诸葛高制作的这种笔，必定笔力持久，久书而不散秃。

诸葛高制笔的奥秘不止这些，真正奥秘恐怕已无人得知了。但这种笔得到众多文人墨客的钟爱，必定是使用起来得心应手，能够造出神韵脱俗、酣畅淋漓的书法艺术境界。据说，宋代一位孤山隐士林和靖在得到一支

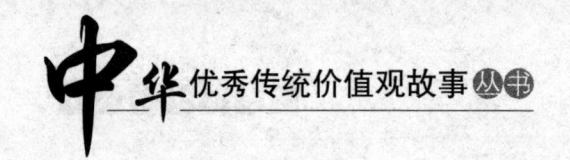

"诸葛笔"后，喜形于色，说用此笔写字，犹如沙场破敌所向披靡，随意挥洒，灵活自如。难怪文人墨客如此珍视它了。

据史籍记载，曾有位文人杜懿为了保藏"诸葛笔"，采用了极为细致特殊的方法。他将每一百支毛笔为一组，将一钱水银粉用开水调研成稀糊状，然后将墨在水银糊中研过，再把笔一支支在水银墨糊中胶过、收好。这样的笔永远也不会蛆坏，而且笔头软润不干燥。

◆ 诸葛高的神笔现在已不能亲眼看见了，但他的名字和功绩将永远记在人们心里。

30. 能工巧匠燕肃

燕肃，字穆之，青州（今山东益都）人，人称"燕龙图"。学识渊博，精通天文物理，有指南车、记里鼓、莲花漏等仪器的创造发明，著有《海潮论》，并绘制了《海潮图》以说明潮汐原理。

燕肃幼年丧父，家境贫寒，他依靠真才实学，走上仕途，从凤翔府的推官一直做到礼部侍郎。但是他不是一个只会读书作文的平庸之辈，而是一位多才多艺的能工巧匠。他涉猎文学、美术、园艺，对百工技巧和机械制造颇有造诣。

西方世界到十九世纪才懂得传动机械中的差速齿轮原理，而在十世纪，燕肃就开始运用这一原理成功地制造了指南车和记里鼓车。

指南车和记里鼓车相传黄帝时就有人发明过，三国时代的马钧，南北朝时期的解飞也曾有过造指南车和记里鼓车的记载，但都无详细说明。但燕肃造车的记载则在《宋史》上明确地记录了下来。

燕肃的指南车车上有一根竖轴，轴头上立一衣冠木俑，木俑直臂伸指，遥指前方，无论车向何方行驶，木俑的手指始终指向正南方。这辆奇异的车子一造好便轰动一时。

燕肃是怎么做的呢？奥秘在哪里呢？他制作的关键就在一套齿轮传动装置。车中木俑就安在车里一个带四十八个齿的大平轮上，另有两个直径为六尺的齿轮，间距为六尺，每个车轮的内侧还有一个带二十四个齿的小齿轮。在大平轮和车轮边的小齿轮上端还有一个小平轮，由一根通过滑轮的绳索悬系，绳索的另一端系在车辕的后端。当车向前行驶时，各个齿轮不会失去平衡，不会使大平轮转动，因此木俑也不会转动，手也指向正南方。而当车向左转弯时，车辕前端向左，后端向右偏，这样车辕后端的绳子就左紧右松，右边的小平轮在铁坠子的重力下下落，嵌入车轮的大干轮和轮侧的小齿轮中间，齿轮互相咬合。车轮转动一定的角度，轮侧的小齿轮也转动一定的角度，从而带动大平轮以相反方向也转动一定的角度，这样车子向左侧转动了多少角度，大平轮则向右转动相同的角度，大平轮上的木俑也向车子转动的反方向转动相同的角度。由此，车子无论向什么方向转动，木俑手指的方向始终是不变的。

燕肃的聪明才智还表现在记里鼓车的制造上，这种车也很神奇有趣：当车走满一里路时，车上的木俑就会敲一下鼓；走满十里时，再敲一下钟。坐车的人就可清楚地知道自己走了多少路程。这种记里鼓车也是运用齿轮传动装置制成的。这种车的车轮内侧也有随车轮转动的齿轮，这一齿轮在车子转动时带动其他的齿轮运转，这组齿轮在一定时间里的转速也并不相同，这组齿轮就叫作差速齿轮。现代汽车的里程表也依此设置，与记里鼓车的原理是一致的。

在燕肃的记里鼓车里装有一只车子走满一里只转动一周的齿轮，还有一只车子走满十里才转满一周的齿轮，两种齿轮带动木俑击鼓或击钟，计量行程。燕肃将这种失传的记里鼓车重新制造出来，无任何经验可循，实际上是一种发明创造。

除此之外，燕肃还改进了古代计时的仪器——漏壶，制造了比较精确的新型漏壶。主要原理是设置两个水柜，上柜供水，下柜容水，中间用"渴乌"（虹吸管）连接，可以随时调解下柜水的高度，恒定水压，使滴水的速度保持稳定，使漏壶显示的时间更为精确。

◆ 燕肃在近千年前就掌握了差速齿轮传动这种较为复杂的机械原理，很让后人敬佩叹服。

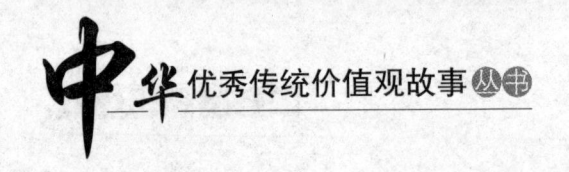

31. 洛阳桥的督造者蔡襄

蔡襄，字君谟，号莆阳居士，谥号忠惠，北宋兴化仙游（今福建省仙游县）人。北宋时期的政治家、书法家和茶学专家。著有《茶录》《荔枝谱》等书。

在福建省，民间流传着这样一个神奇的故事：

宋真宗年间，有一天，洛阳河上正行驶着一艘渡船，船上满载着乘客。船到江心时，突然刮起一阵狂风，眼看就要把渡船掀翻，船上的乘客乱成一团，惊慌失措，一片惊呼之声。就在这万分危急的时刻，天空中传来一个威严的声音："蔡状元在此船上，神鬼不得无礼！"声音刚落，转眼间江面上就变得风平浪静了，一船人悬着的心终于放了下来。

空中发出的声音，满船人都听见了，大家想：船上一定有姓蔡的贵人，这才引出神仙来搭救。于是，人们纷纷打听船上谁姓蔡，可是问遍了船上的人，却没有一个姓蔡的。乘客中有一位孕妇，她的丈夫正巧姓蔡，因此大家都围过来向她贺喜道谢，说她的儿子将来一定能中状元。

孕妇闻听很是喜悦，当众许下一愿："我若真能生一个状元儿子，将来一定让他在洛阳河上造一座桥，免得大家再乘船遇险。"

后来，孕妇果然生下一子，取名蔡襄，蔡襄长大后真的中了状元。当时的法律规定，任何人不得在家乡做官，所以蔡襄母亲当年许下的造桥之愿也难以实现。

为了了却母亲的心愿，蔡襄请一位有权势的太监帮忙，希望能回家乡泉州做官。这位太监很有办法，他听说皇帝要到花园散步，便事先在花园的芭蕉叶上用糖汁写下了一行字：

"蔡襄必须到泉州任太守。"糖汁引来了蚂蚁，蚂蚁聚集在糖上，便清晰地组成了字。皇帝看后，十分惊异，以为这是上天的旨意，便下诏命蔡襄到泉州做了太守。做了泉州太守，蔡襄便在洛阳河上造了一座桥，名叫"万安桥"，又名"洛阳桥"。

这个传说当然不可能是真的，但蔡襄督造洛阳桥一事的确是史实。也许人们正是出于对蔡襄为民造福的感激和景仰，才编出这样的故事，并且一直流传到今天。

蔡襄是宋代天圣年间的进士，从小聪明伶俐，父

中华优秀传统价值观故事丛书

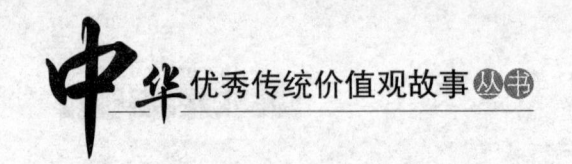

母对他非常宠爱，同时也寄予很大的希望，教他读书识字，期待将来他能有所作为。蔡襄很有天赋，又很用功，到十七八岁时，诗词歌赋已经无所不能，文章和书法尤其精美。更为难能可贵的是，蔡襄为人正直，人品极高，有很好的声誉，进士及第后，朝廷很器重他，让他在家乡泉州做太守。

蔡襄为官清廉，大公无私，处处为百姓着想。督造洛阳桥，就是他对泉州百姓的贡献之一。

在宋代，我国桥梁建筑的发展已经达到很高的水平，产生了一系列杰出的作品。洛阳桥，可以说是宋代梁式桥的代表作，全部用巨大的石块建成，最重的石块竟达二百吨左右，工程艰巨，巧夺天工，创下了桥梁工程的新纪元。

为了建造好这座桥，蔡襄在出任泉州太守后，搜集了大量技术资料，潜心研究，精心设计，花费了无数心血。他请来许多著名的桥梁设计者和建造者，动员了几千名能工巧匠，历经五年时间，终于建造出了一座气势宏伟的巨型石桥。

洛阳桥桥长三百六十五丈七尺，宽一丈五尺，有酾水道四十七个。在桥上，建有三个古色古香的亭阁，供人们休息和观赏风光。整座桥结构严谨，美丽壮观，令人叹为观止。

◆ 洛阳桥的建成并非蔡襄一人之功，但他在其中所起的作用是关键性的，他为此而付出的心血人们是不会忘记的。

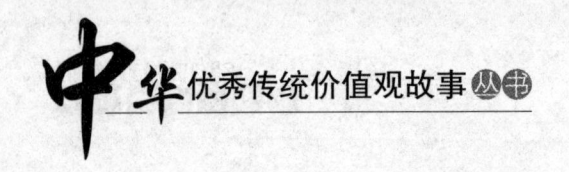

32. 天文机械制造家苏颂

苏颂，字子容，汉族，福建泉州南安人。宋代天文学家、天文机械制造家、药物学家。苏颂作为历史上的杰出人物，其主要贡献是对科学技术方面，特别是主持创造了杰出的天文计时仪器——水运仪象台。

※

钟表是我们生活中不可缺少的用品，它帮助我们计时，给我们的学习和工作提供了极大的方便。可是在古代，计时所用的却是"铜壶滴漏"，既不准确，也不便利。为了解决计时上的困难，人们发挥自己的智慧，想尽办法，终于发明了机械时钟。世界上最早的机械钟出现在中国，它就是宋代杰出的天文学家苏颂制造的水运仪象台。

苏颂出身于厦门同安芦山堂（同安城关）一书香门第，其祖先在唐末随王潮入闽，世代为闽南望族，其父苏绅中过进士。苏颂幼承家教，勤于攻读，深通经史百家，学识渊博，举凡图纬、阴阳、五行、星历、山经、本草无不钻研。二十三岁考中进士，步入仕途，官至宰相。

水运仪象台吸收了以往的天文学成就，除计时外，还可以观测地球、太阳、月亮以及天文星体的位置与活动，是我国古代机械工程技术上的杰作。

在建造水运仪象台的过程中，苏颂邀请了当时最负盛名的机械专家韩公廉，以及太史局的一些年轻的生员。苏颂在他们的帮助下，广泛吸取了以往各家仪器的长处，采用了民间使用的水车、筒车、桔槔、凸轮和天平秤杆等机械的原理，将观测、演示和报时设备集于一体，历时三年，完成了这一举世无双的重大发明。

水运仪象台采用木结构，台底为正方形，下宽上窄，高约十二米，底宽约七米，分为三层。

上层是一个平台，放置浑仪一座，浑仪上有木板屋顶，屋顶可以开闭，既便于观测，又可遮日避雨。

中层是一个密室，内设浑象，天球昼夜转动，真实反映星辰的变化。

下层较为复杂，设有一门，门内设有五层木阁，木阁后面为机械传动系统。第一层木阁负责标准报时，名叫"正衙钟鼓楼"。每个时辰的时初，木阁左侧的小门里就会有一个穿红衣的木人摇铃；每个时辰的时正，右侧的小门里会有一个穿紫衣的木人敲钟；每过一刻钟，中间的小门里将有一个穿绿衣的木人击鼓。第二层木阁

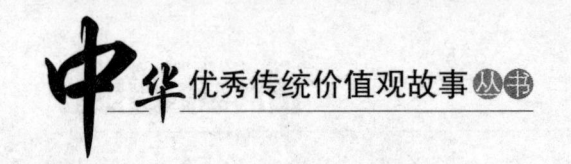

是报告十二个时辰的时初、时正名称的，由二十四个木人手执写有每个时辰的时初、时正名称的木牌按时在木阁门前出现。第三层木阁负责报时刻，由九十六个木人报告当前正处于某时某刻。第四层木阁负责报更数，每晚由木人根据四季的不同击钲报更。第五层木阁内有三十八个木人按节气报告昏、晓、日出、日入和几更几筹等情况。

整个水运仪象台的运转靠水力推动，这个水力机械系统能够使流水循环使用，构思奇巧，有很多装置属于苏颂等人的首创。

苏颂创制了水运仪象台之后，又撰写了《新仪象法要》一书，详细介绍了浑仪、浑象和水运仪象台的设计和制作情况，可贵的是书中附有大量图纸，直观地反映了整个水运仪象台中各部件的形状，是我国现存最早的机械设计图纸。

英国著名学者李约瑟发现了《新仪象法要》一书的部分残稿，如获至宝，并把它译成英文发表在《钟表时报》上加以介绍。他惊喜地做出这样的评价：这部文献的发现，解答了我们长期以来的一个疑问。在远古的漏计器和现代的钟表之间有一段空白，我们不明白铜壶滴漏是怎样发展到现代钟表的，现在一切都清楚了。在由原始的计时器过渡到现代计时器的过程当中，发明的功劳应该归于中国。英国工程师坎布里治看到李约瑟的介绍后，对苏颂的水运仪象台产生了浓厚的兴趣。他按《新仪象法要》一书中的叙述仿造了一座水运仪象台，结果发现，这种仪器的计时非常准确。

在创制出水运仪象台后六百年左右，这一技术传到欧洲，西方人这才开始建造天文计时仪器，并对天体宇宙有了正确的认识。

◆ 苏颂一生致力于科学研究，在药物学和天文学、机械制造学方面都做出了杰出贡献。

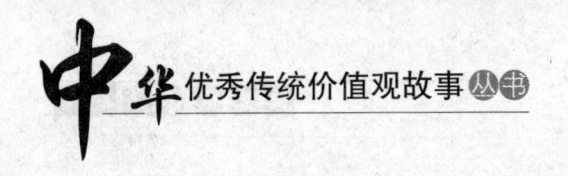

33. 北宋卓越的科学家沈括

沈括，字存中，号梦溪丈人，杭州钱塘人。英国学者李约瑟称他是"中国整部科学史中最卓越的人物"，美国科学史家席文称他是"中国科学与工程史上最多才多艺的人物之一"。

❦

沈括的父亲沈周为进士出身，做过多处地方官。他的母亲许氏出身于士大夫家庭，知书明礼，沈括和他的哥哥都是由许氏亲自辅导读书的。在许氏的指导下，沈括勤奋读书，十四岁就读遍了家中的藏书。后来，沈括跟随父亲到各地任职，走过很多地方，开阔了视野，增长了见识，这一切对他后来的成才奠定了极好的基础。

沈括二十几岁步入仕途，但他一生都没有放弃对科学的研究，晚年总结一生的科学研究撰写了举世闻名的科学巨著《梦溪笔谈》，给人们留下了一笔宝贵的文化遗产。

在天文学方面，沈括主持修订了《奉元历》，提出了《十二气历》，制造了一批新的天文观测仪器。

沈括提出的《十二气历》，是纯粹的阳历，它以十二气作为一年，一年分为四季，每季分为三个月，大月三十一天，小月三十天，大小月相间，一年共三百六十五天，每年的天数整齐，免去了闰月的烦琐，四季节气都在固定的日期。这比现行的公历还要合理。在西方，到本纪三十年代英国才出现类似的历法。然而，在那个特定的年代，由于保守派的顽固反对，《十二气历》未能得到施行。沈括当时预言，日后必有采用我的学说者。今天，事实证明沈括所提倡的阳历，已被人们普遍接受。

沈括制造的浑仪、浮漏仪、测日影表等新观测仪器，都有许多独到之处。浮漏仪是古代测定时刻的仪器，沈括对其进行了大胆改革，把原来的曲筒铜漏管改为直颈玉嘴，使流水更为通畅，延长了浮漏的使用寿命。直到清代，人们还沿用沈括的这一发明。

在数学方面，沈括有两项重大贡献，即创立了"隙积术"和"会圆术"。日本数学家山上义夫曾说："沈括这样的人物，在全世界数学史上都找不到，唯有中国出了这样一个。我把沈括称作中国数学家的模范人物和理想人物，是很恰当的。"

沈括通过认真观察，对酒店里堆放的酒坛等有空隙的堆体积进行研究，得到了求它们总数的正确方法，这

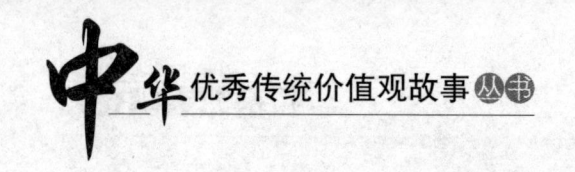

就是"隙积术"，也就是现在所说的高阶等差级数的求和方法。后来"隙积术"发展为"垛积术"，这是沈括的重要发明之一。

沈括从计算田亩的实际需要出发，研究了圆弓形中弧、弦和矢之间的关系，得出了由弦和矢的长度求弧长的近似公式，这就是"会圆术"。这在我国数学史上属首次推导由弦、矢求弧长的公式，它对平面几何学的发展具有重要的促进作用。球面三角学就是由此而发展来的。

在物理方面，沈括也有杰出贡献。沈括在世界上首次提到了地磁偏角的存在，这比西方要早四百年。沈括在《梦溪笔谈》中指出，磁针能指南，然常偏东。他还详细记录了四种不同装置的磁钟，认为用丝线悬挂磁针的方法最好。除磁学外，在光学方面，沈括还对针孔成像和阳燧取火进行了研究。在声学方面，他还用纸人在琴上做声学共振的实验，验证差八度音时两弦的谐振现象，欧洲到十七世纪才有类似的实验。

在化学方面，沈括首创了用石油炭黑代替松木炭黑制造烟墨的工艺，沈括首次使用了"石油"这个名称，并对石油进行了认真研究。他预言石油将来一定会被广泛应用，这一见解今天已得到充分证明。

在地学方面，沈括提出了许多著名的论断。他提出了流水侵蚀作用的思想，认为雁荡山的成因是水凿而成。他对冲积平原的成因进行了科学的解释，认为华北平原是由泥沙沉积而成。在沈括之前，世界上还没有人对冲积平原的成因做过像他那样详细的说明。沈括还对化石进行了认真研究，并根据化石来推论古代的自然环境，四百年后，意大利的达·芬奇才对化石的性质有所记述。

沈括在地图学方面也做出过重要贡献。他提出了制图九法，比西晋裴秀的制图六体更加进步。他还绘制成一套大型地图集《守令图》，共计二十幅，其中最大一幅长一丈二尺，宽一丈。

沈括在医药学和生物学方面也有建树。他著有《良方》等三种专著，搜集了大量验方，从药用植物学的角度，对古书上的错误进行了纠正。

沈括一生所从事的科学活动和成果，集中反映在《梦溪笔谈》一书之中。《梦溪笔谈》一书分为故事、辩证、乐律、象数、人事、官政、权智、艺文、书画、技艺、器用、神奇、异事、谬误、讥谑、杂志、药议等十七类，共计六百零九条，其中二百五十五条与科学技术有关，内容涉及考古、语言、史学、音乐、绘画、财政、经济等方面，可以说是中国科学史上的一座里程碑。

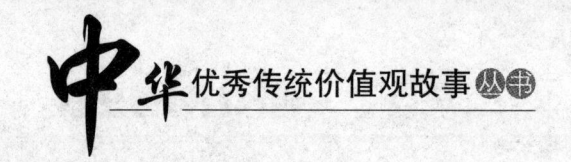

《梦溪笔谈》一书反映了我国古代特别是北宋时期自然科学所达到的辉煌成就，活字印刷术的发明就记载在这部巨著之中。这部书不仅在中国，就是在世界也是十分珍贵的重要文献。

◆ 沈括在天文、地学、数学、物理、化学、生物、医学、水利、军事、文学，音乐等领域都取得了杰出成就。今天，我们为祖国历史上曾经出现过沈括这样杰出的人物而由衷地感到自豪。

34. 活字印刷术的发明者毕昇

毕昇，北宋淮南路蕲州蕲水县直河乡（今湖北省英山县草盘地镇五桂墩村）人，发明活字版印刷术，被认为是世界上最早的活字印刷技术。

在人类文化史上，印刷术的发明占有极其重要的地位，它为文化的传播和交流提供了有利条件。在此以前，文化知识都是通过手抄本流传下来的，带来很多不便。由此，产生了雕版印刷术，为书籍印刷开辟了新的途径。

雕版印刷术出现在公元六世纪的隋、唐之际。即在适宜雕刻的枣木（或梨木）板上刻上反写的文字，然后在印版上刷墨、覆纸，用压力印出整版文字。雕版印刷应用了很长时间，我国珍存的宋、元、明版古籍，都是用这种方法印刷出来的。

虽然雕版印刷比手抄本进步了许多，但是由于需要整版雕刻，每个字都需仔细不能出错，否则整版都得废弃。大部头的鸿篇巨制，需要雕刻许多块板子，既费时

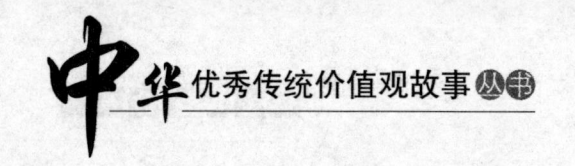

又费力。据史料记载，公元971年，宋太祖年间，在成都雕版印刷的五千零四十八卷《大藏经》，历时十二年才完成。由此看来，文化的发展对印刷技术提出了新要求。

北宋庆历年间，布衣毕昇发明了活字印刷术。他看到了雕版印刷的弊端，总结以往的经验，又经过反复实践，才发明了这一印刷新技术。宋朝的沈括所著的《梦溪笔谈》记载了毕昇的活字印刷术。

毕昇的印刷法主要是采用泥活字。他采用质地细腻的黏土，制成一个个规格一致的坯模，待坯模稍稍晾干之后，在坯模一端刻上一个厚如铜钱的反字，然后用火焙烧，使之成为能够压印的坚硬泥活字。一般的常用字备有几个或者几十个，生僻之字，可随时制作。做好的字放在木格之中，以便拣用。排版时，就在一块铁板上铺一层用松香、蜡、纸灰合成的粉末，在铁板上放上一个大小符合要求的铁框，然后在铁框里排满泥活字，再移至火上加温，待活字下的松香、蜡质熔化后，用一块平板将字压平，当温度降低，蜡质凝固之后，泥活字便粘在铁板上，成为活字版。

为了加快印刷速度，毕昇采用两块铁板轮流排字，大大提高了劳动效率。版排好后，就在上面刷上墨，再覆上纸，进行印刷。书籍印制完毕之后，再将活字版加温，待松香、蜡质熔化之后，将泥活字抖落。活字从铁板上脱落之后，再按韵排在原来的木格里，以便下次再用。毕昇还采用过木活字，但由于木料纹理疏密不均，难以刻字，遇水易变形，和药剂混在一起不易分开，所以废弃不用。

  近代活字印刷术和现代活字印刷术都是在此基础上发展起来的。一些中外人士曾对此表示怀疑，认为火烧胶泥作字，极不合理，活字一定是金属制成的，胶泥不过是模具而已。但这种说法是违背事实的，有史籍记载为证：清道光年间安徽泾县人翟金生确实用自制泥活字印成了《泥版试印初编》诗集，他按毕昇方法制成十万余个泥活字。此书至今仍完好无损，一切否定泥活字的说法都是不可信的。

  据沈括的《梦溪笔谈》中记载，毕昇的泥活字曾被沈括收藏，并传之于后代，当成珍品。但后来历史的变迁，使这些泥活字散失，不复存在了。

◆ 毕昇的活字印刷术，是具有伟大转折意义的重大发明。毕昇的这一发明比德国人戈登堡使用金属活字印刷整整早了四百余年。

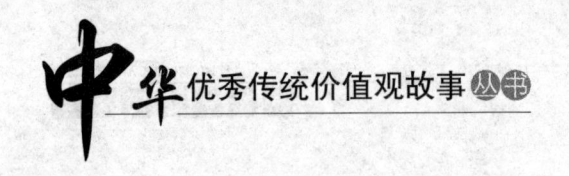

35. 水利工人高超

高超，生平不详，"三节下埽合龙法"的创造者。

北宋中期，外患不断，位于宋朝北方的辽和西夏崛起，宋王朝对外实行妥协政策，使国家财政陷入危机之中。由于经费紧张，黄河的治理受到影响，堤防工程年久失修，决口不断发生，水患频繁。

公元1048年春夏之交，连绵阴雨造成黄河水位暴涨，澶州一段河堤被冲毁，决口宽达八百五十米左右。泛滥的河水一泻千里，威胁着陪都北京的安全。朝廷派三司度支副使郭申锡前往治水。

当时堵决口的办法是先从决口两端同时筑堤，两端堤坝修得越近，水流越急，最后连接堤坝的工程被称为"合龙门"。"合龙门"是堵住决口的关键所在，一般用"埽"来堵塞，"埽"是用秸秆、土、石等卷成的大圆捆，直径从一米到四米不等，长约百米。郭申锡这次堵决口也是采用做"埽"来"合龙门"的办法，但由于龙门水流湍急，埽投下去便被洪水冲走，决口很长时间都没有堵住。

这时，有一位经验丰富的水利工人提出了具有创造性的办法。这人名叫高超，他说："埽身太长，不容易压到水底，起不到断流的作用。如果把百米长的埽分为三节，每节之间用绳索连起来，先下第一节，第一节压到河底后再压第二节，第二节压住再压第三节，定能堵住决口。"

高超的方案提出后，有人对此产生怀疑，认为埽变短后不能一下断水，分成三节更加不易放压，不会堵住决口。高超则认为自己的办法可行，他说："第一节埽下去后水流的确不能截断，但是水势会减弱，第二节就容易压住了。即使这时水流仍未断也不要紧，第三节下去后就基本上等于平地施工了。第三节放好之后，前两节已被淤泥塞住，不必再多费人力了。"然而，高超的方案并没有被郭申锡采用，使堵决口的工程一再延误，由于郭申锡治水不利，朝廷把他降了职。

当时贾昌朝在北都做留守官，他听说高超的方案后，觉得可行，便派人到下游打捞被急流冲走的长埽，回来改做成三节埽，按照高超的方案，终于成功地堵住了决口。

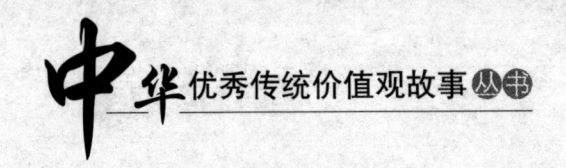

◆ 高超的创造被北宋大科学家沈括写入了他的名著《梦溪笔谈》之中，这才使得我们了解到这位水工的才智。历史上又有多少能工巧匠的事迹被光阴湮灭，他们虽然没有留下自己的姓名，却是中华文明史的真正创造者。

36. 霹雳炮的发明者虞允文

虞允文，字彬父，亦作彬甫。汉族，南宋隆州仁寿（今属四川眉山市仁寿县）人，进士出身，是南宋主张积极抗金的爱国将领之一。

火药是我国古代"四大发明"之一。在唐初医学家兼炼丹家孙思邈的《丹经内伏硫黄法》一文中，记述了把硝石、硫黄和木炭混合在一起的方法，这是我国有关火药配方的最早记载。唐朝中期的炼丹书《真元妙道要略》中对火药的配制及其燃烧爆炸的性能有了更加深入地认识。火药最初是由炼丹家们在炼丹过程中发明的。火药发明后，它的用途逐渐扩大。到宋代，火药已被大量运用到军事方面。南宋将领虞允文利用火药发明了一种新型武器——霹雳炮，并应用实践，在抗金斗争中出奇制胜，立下战功。

公元1160年，虞允文奉朝廷之命出使金国。当时金国正积极备战，准备南下进攻宋朝。虞允文对金国的举动看在眼里，急在心中。出使任务完成后，他立即起身

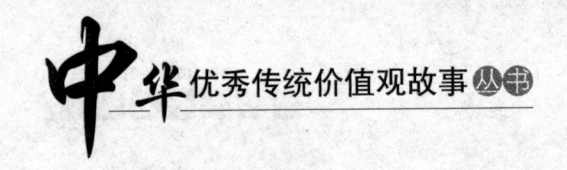

回国，向朝廷汇报了金国的情况，请求朝廷加强防御，抵抗金国的进犯。然而，当时南宋主和派占据上风，皇帝苟且偷安，对虞允文的建议并不放在心上。

公元1161年，金兵大举南下，南宋仓促迎战。虞允文到前线犒赏抗金将士。大敌当前，统军主帅王权被朝廷解职，军中无帅，士气不振，人们不知该如何迎战。在这个关键时刻，虞允文勇敢地担负起前线指挥的重任，鼓舞将士，积极备战。为了战胜强敌，虞允文设计了新的火器，取名霹雳炮，用于水上作战。

霹雳炮是一种爆炸性火器，爆炸声响如霹雳，因而得名。霹雳炮由纸管装火药、硫黄和石灰制成，分成两节。第一节内装有火药，点燃后飞向目标，第二节内装有硫黄和石灰，落到水中后会迅速跳起，纸裂而石灰飞散，从而眯住敌方人马的眼睛，使其丧失作战能力。

虞允文组织人力制造了一大批霹雳炮，在扬子江畔做好了迎敌的准备。

战斗开始了，南宋官兵的战船上一颗颗霹雳炮腾空而起，飞向金兵的战船，爆炸声响成一片。金兵被这突如其来的新式武器弄得狼狈不堪，飞扬的石灰使他们睁不开双眼，根本无法应战，宋军趁机冲过来，金兵大败，仓皇撤退。

◆ 虞允文凭借霹雳炮,在兵力明显不如敌方的情况下,取得了胜利。他的爱国热情和聪明才智将永载史册。

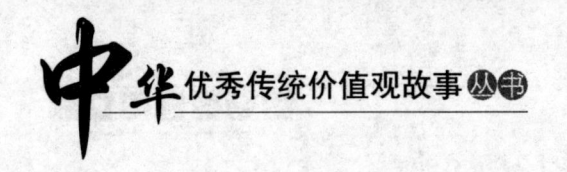

37. 数学家杨辉

杨辉，字谦光，钱塘（今杭州）人，汉族，生平履历不详。中国南宋时期杰出的数学家和数学教育家。他是世界上第一个排出丰富的纵横图和讨论其构成规律的数学家。

※

杨辉曾把古代的筹算法进行了系统的整理，并且加以简化，使算术与日常生活紧密地结合起来。因此，他成为数学史上承前启后的重要人物。

杨辉所生活的年代，正值宋室南迁，江南人口大量增加，社会繁荣，商业贸易活动十分频繁。商业的繁荣，使人们对货品交易过程中所需的筹算方法的要求更加迫切。

杨辉自幼聪明，天赋很高，他对数学非常感兴趣。小杨辉在学习中发现，民间使用的计算方法过于烦琐，又没有统一的标准，很不便利。因此他暗下决心，要运用自己的智慧研究出一套既简便易行又适应日常生活应用的算法来。

为了实现自己的理想，杨辉去拜见当时很有影响的数学家刘益，向刘益表明自己的志向，希望拜刘益为老师，向他学习数学知识。刘益见他很有决心，便当场对他做了测试，测试表明杨辉的确具有数学才能，是可造之材。于是，刘益答应了杨辉的请求。

杨辉跟随刘益学习数学后，有了很大的进步和提高。渐渐地，他所研究的问题，已经超出了老师的智慧领域。杨辉对等差级数和混合法问题很感兴趣，他和刘益共同研究过复比例、联立一次方程式等。在杨辉所研究的联立方程式中，所含的知数已达五位之多。

杨辉对小数的运用，是他的重要贡献之一。他把小数的名词给予统一，使其标准化，解决了中国古代数学史上有关小数运算的问题。小数的运用，避免了分数运算的繁杂，使运算更加简便。

南宋的另一位有名的数学家贾宪也曾对杨辉进行过指导，杨辉从贾宪那里受益匪浅。尤其是在"阵图"的组合解析方面，对杨辉的帮助很大。"阵图"一般称为"纵横图"，在西方国家被称为"魔方阵"。《易经》中的"洛书"即是其中一例，洛书用一至九这九个数字排成，以二七六、九五一、四三六排成三行，不论横加、竖加还是按对角线相加，其和都是十五。在古代由于缺少数学思想，对阵图的解说没有定论，并使其蒙上了一

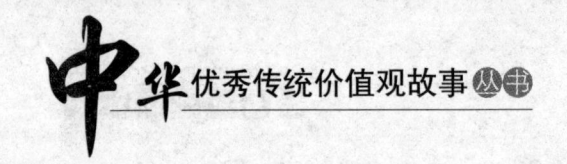

种神秘的色彩。杨辉则从数学的角度，对阵图进行了认真的分析和研究，使阵图正式成为组合解析的数学问题。杨辉在他的著作《续古摘奇算法》中，陈述了许多阵图做法的简单法则。

除此之外，杨辉对等差级数、开方的几何解法、二项式定理，以及中国雏形的演绎几何学等都有一定的研究。

◆ 杨辉在数学方面的突出贡献使他成为宋元时期四大杰出数学家之一，他的先进数学思想，对后世有着深远影响。

38. 纺织能手黄道婆

黄道婆，又名黄婆，黄母，松江府乌泥泾镇（今上海市华泾镇）人，汉族，宋末元初知名棉纺织家。

"黄婆婆，黄婆婆，教我纱，教我布，两只筒子两匹布"这首歌谣许多上海市上海县华泾镇的老人们一定都很熟悉，它是歌颂一位平凡而伟大的古代纺织能手黄道婆的，她为我国的纺织事业做出了突出的贡献。

黄道婆出身贫苦，年轻时，她因不堪忍受公婆的虐待，逃离了家乡，一路流浪，来到海南岛的崖州（海南省崖州镇）——黎族居住地定居下来。她和黎族同胞从此结下了深厚的友谊，不仅学会了黎族语言，而且向他们学习了种植和纺织技术，成了一个技艺精湛的纺织能手。

三十年后，黄道婆日夜思念家乡，便告别了情同手足的黎族姐妹，回到了乌泥泾。此时元朝已统一中国，元世祖在江南设置了"木棉提举司"，管理棉纺织生产。但是当时的棉纺织技术还相当落后。

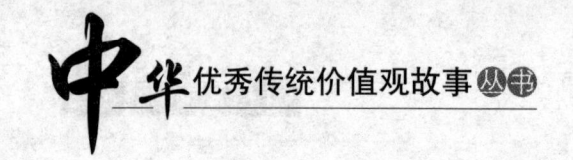

将棉花纺成纱，必须经过三道加工程序：先要将棉籽除去，再把棉花弹松，然后搓成棉条，才能用于纺纱。松江一带技术更为落后，连踏车，推弓一类工具都没有，全靠手工剥去棉籽，再用一尺余长的线弦小竹弓弹棉纺织，功效很低，黄道婆回来推广了踏车和推弓两种先进的纺棉工具，教家乡人民弹棉纺织。

踏车是一种去棉籽的机械，推弓是一种弹棉花的工具。黄道婆在将踏车的使用方法教给乡亲们的同时，又有了新的想法，她对踏车进行了改进，改成一种称作"搅车"的轧棉机。这种机械，由一根直径较小的铁轴和一根直径较大的木轴组成，操作时由两人在两侧向相反方向摇动手柄，另一人向两轴间送棉，速度不同的两轴相轧，则籽落在一边，棉落在另一边，功效提高了数倍。纺织的工人从艰苦的手工操作中解脱出来，使纺织技术大大地向前推进了一步。现在保存在云南博物馆里的一台单人操作的轧棉机，就是在黄道婆的搅车的基础上改进的。

黄道婆的推弓将手指拨弦的小弓改成用绳弦的大弓，并用弹椎来敲击弹弓上的绳弦。弹椎用檀木制作，使用时用小，端击弓，弹松棉絮，用大端击弓，松散棉纤维，清除杂质。这种椎弓每天可弹六至八斤棉花，功效大大提高。十五世纪，这种弹弓传到日本，被称为

"唐弓"。

　　黄道婆还改进了纺车，制成了当时世界上最先进的纺纱工具——三锭脚踏纺棉车。当时松江一带使用的是一架单锭手摇纺车，这种纺车功效甚低，三、四台这样的纺车纺出来的纱，才能满足一台织布机的需要。黄道婆发现当时用于纺麻和丝的三跪脚踏纺车速度较快，便借鉴来，改小了竹轮直径，合理调整了脚踏木棍支点和竹轮的偏心距，制成适合纺棉的机器，还解决了机速过高，由于牵伸不及，棉纱易断的难题。

　　黄道婆不仅将先进的机器传给家乡人民，还将汉族民间的传统织造工艺与黎族人民织造"崖州被"的经验和技术融合起来，总结出一套独特的"错纱、配色、综线、絮花"的方法，创造了配有精美花纹，灿烂夺目的"乌泥泾被"。

　　◆ 黄道婆凭自己的聪明才智，将黎族人民的纺织技艺带回家乡，并加以改进和发展，为家乡人民甚至中华民族创造了极为珍贵的财富，人民永远不会忘记这位古代纺织能手。

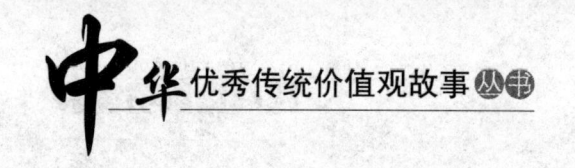

39. 杰出数学家朱世杰

朱世杰，字汉卿，号松庭，燕山（今北京）人氏，汉族，元代数学家、教育家，毕生从事数学教育。有"中世纪世界最伟大的数学家"之誉。主要著作是《算学启蒙》与《四元玉鉴》。

在我国宋元时代，曾产生四位杰出的数学家，掀起了数学研究的一个高潮，他们分别是秦九韶、李冶、杨辉和朱世杰。朱世杰是四大杰出数学家中最后一位，也是贡献最大的一位，他把中国古代数学推向更高的境界，为世界代数学开创了新纪元。

朱世杰出身于书香门第，他从小聪明过人，酷爱读书，乐于思考，对身边新奇的事物总想探求个明白。他毕生从事数学研究和教育事业，周游湖海二十多年，到各地讲学。他根据前人的成果和个人研究所得，写成《算学启蒙》和《四元玉鉴》两部著作。《算学启蒙》是一部通俗易懂的启蒙读物，全面地介绍了当时数学所包含的各方面内容，曾流传到朝鲜、日本等国。《四元玉鉴》是中国数学著作中最重要的一部，汇集了朱世杰最重要的研究成果。

朱世杰创立的"四元术"，是在高次方程的数值解法和前人"天元术"的基础上发展而来的。四元术就是在未知数不止一个时，设四个未知数，再列二元、三元直至四元高次联立方程组，然后求解。朱世杰所用的高次联立方程组的求解方法是消元法，逐渐消去多元方程组的未知数，直到最后得出只含一个未知数的一元方程。在欧洲，直到十八九世纪才开始关于多元高次联立方程的研究，因此朱元杰的四元术具有极其重要的意义。

"垛积术"的研究是朱世杰又一重大贡献。"垛积术"源于宋代大数学家沈括的"隙积术"，朱世杰经过研究归纳三角垛的级数求和公式，从而得到了此类任意高阶等差级数求和问题的解法。由三角垛公式，朱世杰对"招差术"的研究又进入一个新的高度。他指出，招差公式中的各项系数正好依次是各三角垛的积，这样他得到了包含有四次差的招差公式，并推广到包含任意高次差的招差公式。这在世界上还是第一次，比牛顿所创的招差法一般公式早了将近四百年。

在朱世杰的著作中，他提出了正负数乘法的正确法则，这在我国数学史上尚属首次。

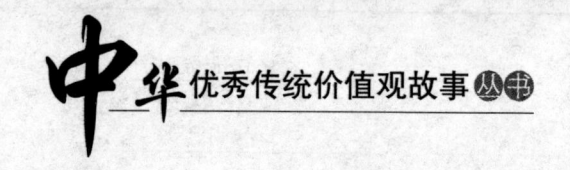

在《算学启蒙》一书中，有一首"九归除法"歌诀，它成为日后中国民间商业珠算的归除歌诀，与现在流传的珠算归除口诀基本一致。

◆ 朱世杰的数学成就在国际上很有影响。英国学者李约瑟曾对朱世杰做过这样的评价："有了朱世杰，中国的代数学方才达到了高水准。"世界科学史大师乔治·莎东也曾说过："朱世杰是属于汉民族及他所生存的时代的，同时也是古今数学史上最杰出的一位数学家。《四元玉鉴》是中国数学著作中最重要的一部，同时也是中世纪最杰出的数学著作之一。"

40. 元朝科学家郭守敬

郭守敬，字若思，顺德邢台（今河北邢台）人，汉族。中国元朝的天文学家、数学家、水利专家和仪器制造专家。

郭守敬是十三世纪世界上最杰出的学者之一，在天文历法、水利工程、数学、地理和机械工程等方面都做出过突出贡献。英国著名学者李约瑟称赞郭守敬和一行是"中国最伟大的天文学家"，郭守敬的名字已被用来命名月球上的环形山以及天空中的小行星。

郭守敬的祖父是一位对数学和水利工程很有研究的学者，他的父亲也是个读书人，在这样的家庭环境里，郭守敬从小就喜欢读书和思考。郭守敬不像别的小孩那样贪玩，读书的闲暇，他总是动手制作各种器具。十五、六岁时，郭守敬见到了一份《石本莲花漏图》。莲花漏是北宋时代燕肃创制的一种计时器，结构复杂，原理深奥，许多机械学家都试图按照图样重新制作莲花漏，但是无人能够做到。郭守敬对图样反复琢磨，认真研究，很快就弄清了其中的奥秘，成功地复制出了莲花漏。

郭守敬的聪明才智使他名声远扬。公元1262年，郭守敬被人推荐给朝廷，元世祖忽必烈亲自召见了他，对他大加赞赏，任命他为提举诸路河渠，专门负责管理水利。

郭守敬一生最大的贡献就是编制了《授时历》，兴修了通惠河。

元朝建立后，沿用的是金朝颁行的《重修大明历》，这部历法使用的时间较长，误差越来越大，因此元世祖忽必烈决定制订新的历法。郭守敬负责改历的主要工作：测验和推步。郭守敬首先开始研制新的天文仪器。因为要修改历法，必须以观测数据为基础，要观测各种数据就要有精密的仪器做保证。郭守敬在其他天文学家和机械制造家的帮助下，先后创制了简仪、圭表、候极仪、浑天象、玲珑仪、仰仪、立运仪、证理仪、景符、窥几、日月食仪、星晷定时仪等一整套天文仪器。

简仪，是由郭守敬创造的举世闻名的天文测量仪器。简仪是用来测量天体坐标位置的，是经过改制的浑仪。它取消了浑仪的黄道环，只留下最必要的两个圆环，即赤道和地平环。简仪将浑仪外面起固定支架作用的圆环也全部废除，以一对弯拱形的柱子和另外四根柱子承托起仅留的两个圆环系统。简仪的结构与现代称为"天图式望远镜"基本一致。在西方，三个世纪后丹麦人第谷才发明类似的仪器。

郭守敬制造的天文仪器，对于进行大规模的天文观测活动，获取修改历法的必要观测资料起到了重大作用。根据大量观测资料，郭守敬等人终于完成了修改历法的任务，编制出了新历法《授时历》。

《授时历》是我国历史上使用时间最长的一部历法，也是我国古代最精密的一部历法。《授时历》采用了南宋杨忠辅所定的回归年，即一年365.2425日，这与地球绕太阳公转一周的实际时间只差26秒，与现行公历的时间长度完全一致。而《授时历》的颁行要比现行公历格里历的使用早三百年。

郭守敬兴修通惠河，是他对我国水利事业最大的贡献。

元朝建都大都（即今北京）后，粮米主要靠从江南运来。当时大运河只通到通州，粮食从水道运到通州后，还要改由车辆从陆路运抵大都，这样一来，耗费很大。因此，修凿一条由通州到大都的运河十分重要。郭守敬接下了这个艰巨的任务。

事情并不顺利，郭守敬先后两次实施方案都没有获得成功。第三次，郭守敬没有贸然行动，他首先进行了

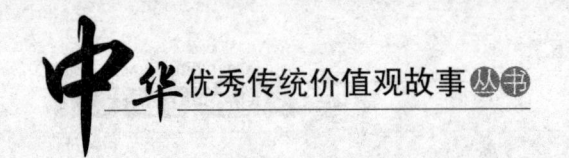

实地调查，在勘测过程中，一个新的方案诞生了。

经过一年半的努力，长达一百六十多里的运河及其配套工程全部完工，元世祖亲自为运河取名为"通惠河"。郭守敬在运河工程中巧妙地解决了水源问题，并通过设置水闸、斗门等解决了河床倾斜的问题。通惠河修成后，大大节省了运输的费用，而且增加了京城大都的水源，其经济效益相当可观。

◆ 郭守敬在科学上的杰出贡献将永远激励今天的中国人继续在科学的道路上不懈攀登。

41. 元代农学家王祯

王祯，字伯善，元代东平（今山东东平）人。中国古代农学、农业机械学家。

我国是一个农业大国，在漫长的历史进程中，我国人民积累了丰富的农业生产经验，一大批农学家应运而生，元代杰出的农学家王祯就是对我国农学发展做出突出贡献的一位。

王祯，曾任宣州旌德县严和信州永丰县尹。史书上对他的记载很少，我们无法更多了解他的生平事迹，然而他为我们留下了一部不可多得的农学专著《农书》。书中不仅记录了我国农业生产的技术和成就，而且让我们进一步了解了这位有着诸多发明创造的农学专家。

在《农书》中，王祯介绍了由他发明的提水灌溉工具"水转翻车"。翻车最初由人力转动，后来发展到畜力，王祯则把它改为以水力为动力。"水转翻车"由一套复杂的机械装置组成，水流冲击立轴下面的卧轮后，卧轮转动同时带动同轴上面的大齿轮，大齿轮拨动水平

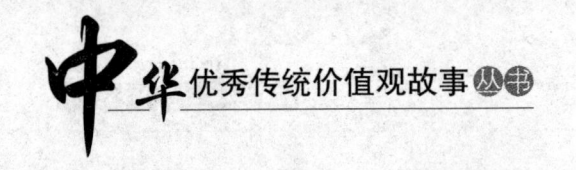

轮轴上的小齿轮，从而带动翻车，连续刮水而上。这套机械极大地节省了人力、畜力，既经济又提高了效率。

王祯还发明了灌溉机械"高转筒车"。这是一种由低向高运水的机械。它由人力或畜力转动，可以把水提高十丈，如果用两台机器接运，可把水提高二十丈。这种机械在条件好的地方也可由水力带动，是很先进的农业机械。

农业生产很重视季节性，王祯发明了一种"授时指掌活法图"，图片详细说明了每个季节的自然现象和农家应该做的各种事情。他还强调指出，农时不能完全按历书所载而定，应该注意节气岁月，图书所列各月农事只适应某一地区，其他地区应按照地区和其他因素酌量变更。

王祯还发明了绿肥。当时人们使用的主要肥料是人畜粪便，这种肥料很有限，许多田地由于肥料不足而减产。王祯经过研究，发现田间的野草埋到土中，腐烂后可生成草粪，与人畜粪便有同样的肥力。因此，王祯利用废弃的杂草，使之腐烂，用作肥料，这就是绿肥。

《农书》的编成是王祯一生最大的成就，为撰写《农书》，王祯付出了十七年的艰苦劳动。

《农书》共三十七卷，近十四万字，附有插图三百零六幅。这是我国第一部力图从全国范围对整个农业做系统全面记述的著作。全书共分三大部分，第一部分为《农桑通诀》，概括记述了我国农业发展的过程。第二部分为《百谷谱》，详细叙述了谷物、蔬菜、瓜果、竹木、棉、麻、茶等作物的起源、习性和栽培方法。第三部分是《农器图谱》，介绍了农业生产工具、农业机械等，其中百余种器械绘制了图谱，并注有说明和使用方法。

◆ 王祯与他的不朽著作《农书》在我国农学史上占有崇高的地位。王祯的卓越贡献永远值得中国人骄傲。

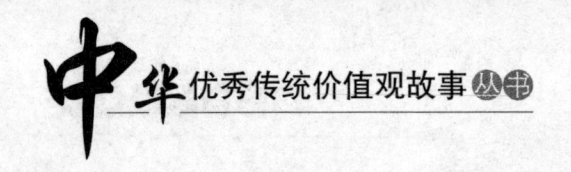

42. 甲盾工匠孙威父子

孙威，元代浑源（今属山西省）人，善制铠甲，是元代著名的工匠。孙威的儿子孙拱，不但继承了他父亲制甲的技艺，还发明了"叠盾"。

在我国古代战争中由于采取的是面对面的近身肉搏，因此各朝的将士向来重视铠甲和盾牌。打造这些用以护身的甲盾的工匠也随名甲、名盾的出现名垂青史，孙威、孙拱父子就是他们中的佼佼者。

孙威年轻时应募从军，在蒙古军中服役。长期的军旅生涯，使他体会到甲盾对将士的重要性，便潜心研究甲盾的制作工艺。依靠他的聪明才智，其制作技巧有了很大提高和进步。孙威经过苦心摸索和反复实践，制成了一副名甲——"蹄筋翎根铠"。这副铠甲是用牛蹄筋为索穿成的，铠上的甲片排列如同鸟翎一样，覆盖周密，但并不沉重，披挂在身十分轻便，行动自如。

孙威将这副名甲献给了元太宗窝阔台，并建议大量制造。窝阔台接过此甲，仔细观看，见并无出奇之处，而且披挂身上又十分轻薄,并不相信它能抵挡住刀枪剑戟的攻击。为了验证此甲的防御能力,便将甲悬挂起来,亲自弯弓搭箭进行穿透性试验。窝阔台是成吉思汗的儿子,也是一位臂力过人的射箭能手,他一箭射去,这副"蹄筋翎根铠"却丝毫未被射透,安然无恙。窝阔台一见,十分高兴,对孙威大加称赞,并任命孙威为顺天、安平、怀州、河南、平阳诸路工匠总管。

孙威领导工匠制作了许多铠甲,供各位将士使用,功绩卓著,很得窝阔台的喜爱。孙威除了制作铠甲,也参加作战。每次他都冲锋在前,不避箭石。窝阔台便当着众多将领对他说:"你纵然不爱惜生命,也得为将士们的铠甲着想呀!"说完此话,窝阔台环顾左右,见将士们穿着的铠甲都是孙威所制,便问:"你们应该知道爱护什么?"诸将一时未能领会他的意思,纷纷议论,但窝阔台都摇摇头。最后,他说:"能保护你们为国立功的不是孙威制造的铠甲吗?"然后他亲自将一件锦衣赐给孙威,表彰他的卓越贡献。

孙威的儿子孙拱也是一个出色的甲盾制造能手。他曾制造铠甲二百八十副,献给元世祖忽必烈。然而他最出色的发明,就是在元世祖至元十一年间,发明了"叠盾"。

盾这种古老的作战兵器,在黄帝时代已出现了。在

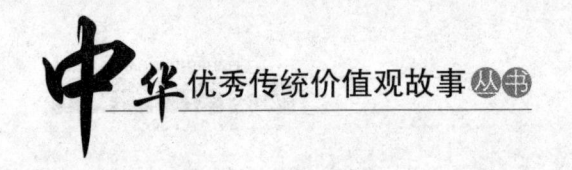

作战中，盾用来掩蔽自己，攻击敌人。但是盾的传统形制面积过大，行军作战携带不便。可是如果缩小面积，却不能达到保护自己的目的。

孙拱根据自己实践经验，借鉴前人的方法，反复试验，终于创制出一种"叠盾"。这种"叠盾"，张开可作盾，不用时合好就可拿走，十分方便。对孙拱的这项发明，元世祖忽必烈大加欣赏，认为此种叠盾是前所未有的奇迹。这种"叠盾"的详细情况已无记载，但是这种盾与普通盾牌相比，坚固程度相差无几，不然是无法抵御刀剑的猛烈袭击的。

孙拱的制甲工艺得自父亲的真传，制作工艺精湛，而且制作效率较高。忽必烈南征时，因"甲胄不足"，下诏让各地制甲工匠赶制。结果，孙拱带领的一批工匠率先完成了任务，而且所制铠甲形制各有千秋，工艺精巧。忽必烈十分赞赏，对他大加嘉奖，先后任命他为大都路军器人匠总管、工部侍郎等职。

◆ 甲盾这些古老的军事器具现在早已成为历史，但是这些器具与制造甲盾的著名工匠在人类历史上仍将闪烁着独特的光彩。

43. 明代建筑匠师蒯祥

蒯祥，字廷瑞，江苏吴县胥口渔帆村人。明代初期建筑名家、北京宫城设计者。

去过北京的人一定不会忘记去看故宫，去看雄伟壮丽的天安门。故宫是我国保存的最多、最完整的一座古代宫殿，也是现存规模最宏大的古代封建帝王宫殿。辉煌威严的故宫曾是明、清两代帝王及其嫔妃居住的紫禁城旧地。

故宫始建于明朝初年，是利用元朝大内的旧址，依据明南京宫殿的蓝本，经过总体设计和规划修建而成，其规模和气势大大超过南京宫殿。明亡后，清朝沿用了这片宫殿并增建了一小部分。

公元1417年，明成祖迁都北京，并下令尽快营建北京的紫禁城。跟随明成祖来京的，还有一批建筑方面的良工巧匠，蒯祥就是其中的一位。由于他技艺超群，很快便被选拔出来担任皇家宫殿重大工程的设计师和监造者。

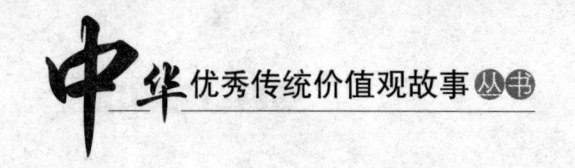

蒯祥，出身木匠世家，他的父亲蒯福是个技艺出众的木建筑工匠，擅长主持大规模的建筑工程，明洪武年间曾参加南京明宫城的建筑营造。蒯祥自幼心灵手巧，对建筑工艺十分感兴趣。父亲便将自己一生的经验和技艺都传授给他，希望他子承父业。蒯祥果然未辜负父亲的愿望，经过长期实践和努力，他成为当时十分著名的设计建筑大师，有"巧木匠"之称。

据说，蒯祥不但具有高超的设计、建筑本领，还有三招绝活。第一是神算。据说他对建筑设计的尺寸计算相当精通。人们发现蒯样施工前似乎对尺寸计算漫不经心，但施工完成后，蒯祥计算的尺度与结果几乎完全一致。第二就是蒯祥的榫卯技术。制作榫卯是木工的基本功，榫卯是木器上用于接合的凸凹部分。蒯祥制作的榫卯，规格精确，一拍即合，接合牢固，令人叹服。第三项绝活就是绘图。据说蒯祥可以双手同时执笔画龙，画完后，两龙几乎完全一致。

蒯祥承担任务后，开始着手承天门（即天安门）的设计。按照总体设计要求，天安门位于整个建筑的中轴线上，南与正阳门遥遥相对，北与端门前后相峙，是跨过金水桥进入紫禁城的第一座城楼。蒯祥深思熟虑，很快拿出设计方案，并组织工匠建成了这座气势雄伟的建筑。明成祖看过之后，极为赞赏，称蒯祥为"蒯鲁班"。

蒯祥还负责建造了紫禁城里最为重要的前朝三个大殿（皇极殿、中极殿、建极殿）。其中皇极殿是中轴线上的第三个高峰，设计风格呈现出皇家庄严威武的气派。雕栏玉砌、重檐叠脊，极为华美。

据说，在建造皇极殿时还发生过这样一个小故事。就是在上大梁的那天，工匠早早就忙碌起来，因为大梁上好，必须在辰时完成，这是早就选定的吉时。可是，时间马上就要到了，大梁上的榫还无法对准，工匠们焦急万分。这时，蒯祥脱下外衣，取过斧头插在腰间，又在身上系上绳索，然后便上了房梁。只见他从这头跑到那头，又从那头跑到这头，不断地用斧头敲击梁身，矫正位置。当一切都修正完毕，他举起斧头，对准梁身，猛然一击，只听"咔嚓"一声，大梁入榫，紧密地接合在一起。此时正是辰时，在场的人们不禁齐声赞叹。

蒯祥在北京住了四十多年，参与紫禁城的建设，此外他还主持设计和营建了二个宫殿、五个王府、六个部署以及十三陵的裕陵。由于他突出的业绩和才能，他从普通工匠升任专司营筑的工部左侍郎。

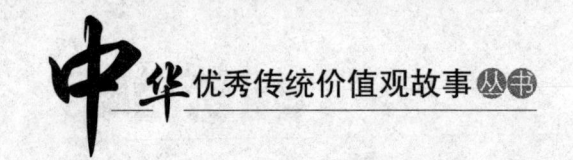

蒯祥八十岁高龄时，才退居故乡南京。北京人民为了纪念他，把他居住过的胡同称为"蒯侍郎胡同。"

◆ 蒯祥的建筑造诣，在当时就有极高的评价，同行叹其技艺如鬼斧神工。而蒯祥留下的天安门建筑更是华夏之宝，民族之光。

44. 水利专家潘季驯

潘季驯，字时良，号印川。明朝湖州府乌程县人（今属浙江省湖州市吴兴区）。明朝治理黄河的水利专家。

黄河被称为中华民族的摇篮，是我国古代灿烂文化的发源地，哺育了一代代中华儿女。然而，这条母亲河并不总是充满温情，历史上它又是一条给沿岸人民带来众多灾难的不驯之河。据文字记载，两千多年来，黄河下游共决口一千五百多次，较大的河床改道有二十六次，黄河泛滥波及的范围在二十五万平方公里以上。

黄河的不断泛滥，使黄河两岸的人民一直与之进行着顽强的抗争。在治理黄河、改造黄河的历史上，也涌现出一批杰出的治黄专家，潘季驯就是其中的一位。他在治理黄河过程中提出的一系列具有创造性的理论和措施，今天仍值得我们学习和借鉴。

潘季驯，二十九岁时考中进士，由此步入仕途。在他为官的生涯中，先后四次出任总理河道的职务，治理黄河十几年。

在潘季驯之前，传统的治黄方法主要是"杀其流，杀其势"，使黄河分流。黄河泛滥的主要原因是泥沙淤积，针对这一情况，潘季驯总结前人的经验教训，提出了筑堤束水，以水攻沙的主张。在黄河的下游两岸，修筑起坚固的堤防，不让河水分流，加快河水的流速，这样便可把河水中的泥沙带进河里，减少泥沙的沉积数量，从而防止黄河的泛滥。

潘季驯明确了治理黄河的原理之后，亲自到泛滥严重的地方去进行实地考察，详细了解每一河段的具体情况，向百姓征询治理意见，吸取人民群众的治黄经验，从而制定出较为科学的治黄方案。在方案实施过程中，他也亲自到工程现场指挥，不辞劳苦，历尽艰辛。

潘季驯治黄的许多方法具有创造性，他建立了一整套堤防建设和养护的方法，精心设计了四种堤防，即缕堤、月堤、遥堤和格堤。缕堤是最重要的一种，它紧靠河岸，作用是束狭河流，使河水冲刷河床，减少淤积。月堤位于缕堤内的那些水流激湍处，作用是防止水流直接冲击缕堤，保护缕堤的安全，避免造成决堤。遥堤位于缕堤之外，与缕堤保持一定的距离，一般修筑在地势低洼、较易决口之处，作用是阻挡越过缕堤的洪水。格堤位于缕堤和遥堤之间，作用是防止越过缕堤的洪水顺遥堤下流形成新的河道。这四种堤防相互配合，作用显著。经潘季驯治理后的河道，经历多年大的汛情，都未能酿成灾害。

潘季驯对堤防的质量十分重视。他明确指出筑堤的土要选用真土胶泥，而且要夯实，不能在泥土中掺杂沙子等疏松物质。他还指出，应该从远处取土，切忌在堤旁取土，以免日久之后积水损坏堤根。对筑好的堤防，他还认真地进行检查，确保质量。

对于堤防的维护，潘季驯也有独到的见解，他制定了四防、二守等护堤制度。四防即昼防、夜防、风防、雨防；二守是官守、民守。他要求每年对堤防加高、加厚，堤上要栽柳、植苇，这一切都说明潘季驯已经打破了过去消极的筑堤防水的传统观念，揭开了我国治河史上崭新的一页。

潘季驯相信科学，极力反对迷信思想。过去人们把黄河泛滥说成是神的旨意，潘季驯认为这不是什么神，而是水的固有特性，把河患归天归神，是最误事的，完全是那些愚夫俗子之言，不负责任的推诿之词，与其拜神求天保佑，不如了解水流的规律积极地去治理它。在那个时代里，这种思想是多么可贵啊！

在十几年治黄的历程中，潘季驯总结实践经验，写成《河防一览》一书，书中有十分详细的治河全图，以

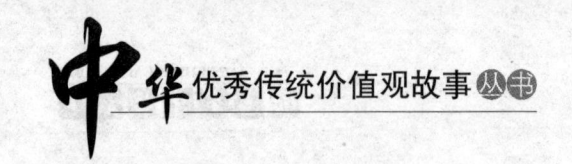

及有关治黄的奏章和关于河防险要的论说。《河防一览》一书是我国古代治黄经验的珍贵记录，在水利科学史上有着重要的意义，它是潘季驯为我们留下的宝贵财富。

公元1595年，四次担任治河总督的潘季驯终积劳成疾，离开了人世。他与黄河斗争了十几年，发展了我国历代人民在同黄河洪水斗争中建立起来的水利科学，他的历史功绩将永远留在黄河子孙的心中。

◆ "潘氏分清遥堤之用为防溃，而缕堤之用为束水，为治导河流的一种方法，此点非常合理。"高傲的西方人这才开始对中国古代的水利科技产生了深深地敬意。

45. 音乐理论家朱载堉

朱载堉，字伯勤，号句曲山人，青年时自号"狂生""山阳酒狂仙客"，又称"端靖世子"。明代最优秀的数学和音乐理论家之一。

朱载堉的父亲朱厚烷与嘉靖皇帝是同辈兄弟，身为皇亲国戚的朱载堉虽然从小生活在宫廷之中，但是他却丝毫没有贵族的恶习，对宫中的争权夺利也深恶痛绝。朱载堉从小立志要做些真正的学问，摆脱残酷的政治旋涡和虚伪的贵族生活。

朱载堉的父亲在宫廷斗争中被免去爵位后，朱载堉为了表达对父亲的孝思，同时也为了实现自己的夙望，辞去爵位，到乡下的茅草屋里潜心研究数学、音乐以及天文历法等学问。在小茅屋里，他面壁十九年，撰写了大量著作，尤其是在音乐方面，他取得了重大成就，以数学原理发明了平均律，从而名扬世界。

我国音乐产生的历史十分悠久，传说黄帝开国时就命伶伦制定乐律。伶伦铸十二钟，成为五音，作为调谐

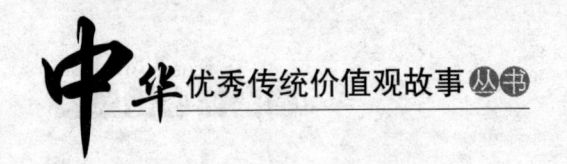

的标准。后来由于乐器的不断发展，音阶的协调谐和也更为复杂，为了调音的准确，人们必须策定"律"来解决听觉的限制。古人在研究音乐时，都以数学作为基础。以一个已知音为基音，然后把一连串相同的五度音和四度音向前循环，从而建立了声学理论。

朱载堉在乐律的研究中，重在实践，他先用耳听，耳力无法辨别时，便用数字来测定音调。朱载堉利用数学公式来计算律管的长度，并且研制出新的调试音阶的工具。朱载堉通过对古代杰出乐律大师们的理论进行研究，发现以往的理论在音差上都有一定的缺憾，难以平均调剂，按古时的原则来调琴，发出的声音并不和谐。朱载堉苦心钻研，终于发现了平均律。朱载堉所发现的原理就是，将八度分为十二个相等的半音，将基音的弦长除以$\sqrt[12]{2}$便得到第二音弦的长，然后依此类推，直至求得第十三个音，就构成了一个完整的八音乐。后来，朱载堉的平均律公式传到欧洲，成就了许多数学家和音乐家。

◆ 德国物理学家赫尔姆霍茨这么评价朱载堉："在中国人中，据说有一个王子叫朱载堉的，他在旧派音乐家的大反对中，倡导七声音阶。把八度分成十二个半音以及变调的方法，也是这个有天才和技巧的国家发明的。"

46. 杰出的医药学家李时珍

李时珍，字东璧，晚年自号濒湖山人，湖北蕲州（今湖北省黄冈市蕲春县蕲州镇）人，汉族。中国古代伟大的医学家、药物学家。

李时珍是我国杰出的医药学家，他将我国十六世纪以前的药物学知识和经验，写成了一部一百九十万字的名著《本草纲目》，对我国乃至世界的医药学事业做出了不朽的贡献。

李时珍出身医生世家，其祖父是位民间医生，地位低下，虽然有着丰富的医疗经验，但常常被人看不起。在李时珍很小的时候，这位祖父便去世了。

李时珍的父亲名叫李言闻，是位颇有名气的医生，很受地方百姓的尊重。但是，不能踏入仕途，是没有社会地位的。李时珍的父亲希望李时珍能通过科举制度改变地位和经济状况，从而光宗耀祖，显赫门楣。但是这也仅仅是个梦想，李时珍十四岁中过秀才后，就再无中第。那时的科举制度是为地主阶级设立的，没有靠山是

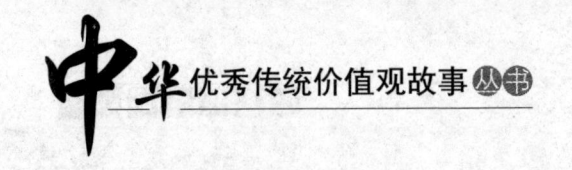

很难入仕的。

公元1540年，二十二岁的李时珍第三次参加乡试落选，由于身体状况不佳，再加上考试时的劳累和紧张，得了一场大病，回家便卧床不起，李时珍的父亲煎汤熬药护理儿子，他的病才渐渐好了起来。经过这场变化，李时珍觉得自己不能再这样下去，他请求父亲不要让自己参加科举考试，而是跟随他做个好医生。李时珍的父亲见儿子如此坚决，就只好同意了。

从此，李时珍开始挂牌行医，与父亲一起为家乡的百姓看病，并利用一切时间，阅读一切能够得到的书籍，尤其是医学典籍。这为他后来著述鸿篇巨论《本草纲目》提供了有利条件。

李时珍父子医术高超，不拘泥于古方，善治疑难杂症。据史籍记载，李时珍曾诊治过一位喜吃灯花的病孩。这个孩子喜食灯花，骨瘦如柴。许多医生对这种病束手无策。其实这种病就是所说的钩虫病，病人多有异食癖。李时珍用百部、使君子等药物，很快治好了孩子的病。此事轰动一时。武昌楚王朱英燩听说后，举荐李时珍到太医院任职。但是太医院里的太医不谈论医术，却大谈炼丹之术。李时珍看不惯，不久便辞官回家。

李时珍在行医的过程中，发现前人留下的许多药书中有很多地方不够准确，甚至存有谬误。一次，他给一位病人开了方子，让他到药铺取药回家煎服。可是不久，病人家属找上门来，说病人吃了他的药，反而病重了。李时珍大吃一惊，忙取过药方查看，并无错漏，又取过药铺抓的药，发现药铺将有毒的虎掌当作无毒的漏篮子配给病人吃。李时珍赶到药铺，寻问究竟。药铺伙计拿出《日华子诸家本草》一书给他看，果然上面写着虎掌和漏篮子为同一种药。药书的错误险些害死了人命。李时珍深刻感受到重修本草的重要。但是他向太医院提出此建议，却没有得到官家的重视和首肯，怎么办？不能再拖延下去，李时珍决定自己来完成重修本草的艰巨工作。

公元1561年，李时珍从太医院辞职回家后，开始专心研究"本草"，并为老百姓治病。他将历代传下来的医书药书进行了认真细致的研读，总结归纳了其中优秀的部分，去掉不准之处。但是书中还有很多地方说法不一，甚至互相矛盾，可是孰对孰错，不能妄自推断。为了做出正确的判断，李时珍认为只有亲自接触实际，进行考察研究，才能做到明辨是非。

于是，从公元1565年起，他多次远行考察。他一边行医，一边拜访有见识的人。他的足迹遍及河南、河北、山东、山西、江西、安徽、福建等十几个省区，还到过苗瑶等少数民族地区，甚至穷乡僻壤、荒山野岭。

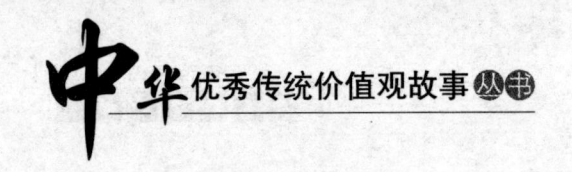

同时他知道了很多书本上难以得到的知识。

为了验证药效，他还亲自品尝。他曾饮过用曼陀罗花籽浸的酒，证明它确有麻醉作用，并能使人自舞自笑，现代中医麻醉的主要成分就是曼陀罗花，即洋金花。李时珍听说太和山九龙宫附近所产的榔梅被称为"仙果"，贡奉皇帝，说是吃了"长生不老"，官府还下令不许其他人采摘，他认为并不可信。为了证明这一点，他不顾官府禁令，毅然上山采摘，进行研究，发现榔梅只不过能生津止渴，并无药用价值。

除此以外，他还解剖过穿山甲，了解穿山甲食蚁的特性，向渔民了解鲤鱼等鱼类的习性和捕捞方法，向捕蛇人学习捉蛇和炮治白花蛇……经过实地考察，他收获很大，不但亲自辨识了药物，解开了诸多疑点，还发现了一批新的药物和新的用法。

李时珍将考察的结果及自己行医的经验全都写入了他的巨著《本草纲目》，这部书历经二十七年，三次易稿方始完成，凝结了千百万劳动人民的智慧和李时珍一生的心血。

《本草纲目》全书五十二卷，一百九十多万字，收药一千八百九十余种，附绘药图一千一百零九幅，附药方一万一千余个，规模空前，是我国医药史上的一个里程碑。

《本草纲目》采用科学的分类方法，将药物按自然生态进行分类，而不是采用过去人为的分类方法。即按照"从微至巨""从贱至贵"的原则排列。就是按照进化论的观点，由低级到高级，由植物到动物，由无机到有机的方法，比较符合科学观点。其中植物部分在公元1647年第一次被外国人摘译成拉丁文，书名为《中国植物志》，公元1753年西方植物分类学创始人林奈发表《自然系统》采用了比较科学的分类法，但比《本草纲目》晚了一百多年。

《本草纲目》全面、系统地记录了当时医学界所了解的药物知识，比过去新增药品三百七十四种，纠正了旧"本草"中的许多错误，并详细地讲述了所列药品的正名、释名、气味、主治等内容，并对新发现、新发明的药物，如"三七"等记录尤为详细。

《本草纲目》第一次指出"脑为元神之府"，即脑为思维器官，在此之前，人们一直认为心脏为思维器官。并提出了"命门位于两肾之间"的中医新命门学说，改"命门即肾"的传统说法。书中还记录了古代导尿术，推论了食生鱼会生寄生虫等前人未曾说过的提法，这些都是十分正确的。

《本草纲目》还是一部博物学书籍，内容涉及植物学、矿物学、动物学、物理学、化学、气象学、解剖

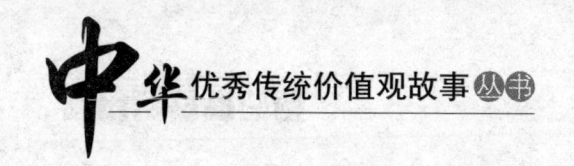

学、生理学、人类学等各方面知识，都具有十分重要的科学意义。另外，李时珍的《本草纲目》还引文据典，具有一定的文学价值。

由于受当时科学发展水平的限制及封建迷信的影响，《本草纲目》中也存在着一些不科学的东西，甚至迷信的内容。除《本草纲目》外，李时珍还著有《濒湖脉学》《奇经八脉考》等书籍，但大多失传。

《本草纲目》这部杰出的著作直到公元1591年左右才刊印成书，正式发行，此时李时珍已逝世一年多了。《本草纲目》出版后，迅速传到海外各国，被全译或节译成日、朝、拉丁、英、德、法等国文字，被西方生物学家、博物学家所称赞，达尔文的《物种起源》一书曾多次引证《本草纲目》中的论证。

◆《本草纲目》包含着李时珍一生的成就，也是一座古代医学宝库，他的精神和业绩永远存留于中国和世界人民心中。

47. 明末发明家徐正明

徐正明，江苏吴县梅社人，明末发明家。他发明的飞车，第一次把人载上了天空。

自古以来，人们都曾梦想人类能像鸟那样在天空自由地翱翔。据史籍记载，早在公元9—22年，就有人模仿鸟的样子，身披羽毛借助升高机械，飞行数百步后坠地的事情。中外的古代人民都为这一梦想做着不懈的努力。

而在距今几百年的明朝，有一位名叫徐正明的巧匠已成功地借助人力飞车飞上天空。以至1980年6月12日，美国飞行员赖恩·艾伦驾驶"信天翁"号人力飞机，以两小时五十分钟飞越英吉利海峡的轰动世界的新闻，与之相比起来，已不稀奇了。只不过徐正明的叫"飞车"，而不叫"飞机"而已。

吴县风景优美，人称"香山"。这里人擅长木工手艺，徐正明也是从事各种车辆制造的木工。他聪明好学，博采众家之长，设计独特，别具一格，他制作的车

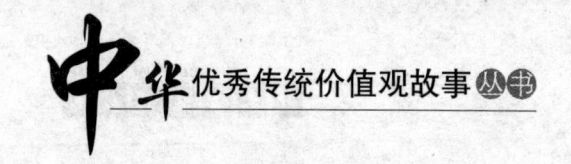

辆灵巧、美观，很受人们欢迎。

徐正明虽技艺高超，但却难以养家糊口，他只好出外做工。古代交通不便，经常要在路上耽误很多时间，徐正明四处奔走，也难以躲过这种烦恼。一次，他听人说起《山海经》中的一段故事：奇肱国人擅长制造飞车。在商周时代，他们曾驾车到豫州，为了不让别人发现车子的秘密，他们故意弄坏了车子。十年后，西风吹来，他们又修好车子，神秘地飞了回去。

这个故事深深地吸引了徐正明，他想如果能像奇肱国人那样造出一辆飞车，不是方便多了吗？于是他开始废寝忘食地设计车样。经过一年的反复修改，一个设计方案终于完成了。可是要把梦想变成现实，必须经过实践的检验。徐正明为了全家的生计，有时不得不放下手中的试制工作，四处奔波，但只要一有空闲，他便投入到飞车的制作中去。这种没有任何经验可循的工作，进展十分缓慢，经常会遇到挫折和失败。可他从不气馁，坚持不懈地进行了上百次试验。十多个春秋过去了，飞车终于成功，徐正明的飞车当时称为"栲栳椅"。

这部"栲栳椅"外形像一把靠背椅，车内设有齿轮传动装置，车上还安有螺旋桨。由于记载不详，具体情况无法知道。

徐正明驾驶这部飞车在家乡做了成功的试飞，当地的乡亲目睹了这场神奇的表演。只见徐正明坐在车中，两脚轮番地踏动车上的一副装置特别的踏板，随着踏板的运动，车内的齿轮也由慢到快迅速旋转起来，车速也越来越快，逐渐离开地面，在江湖田梗、树梢匀速飞行。最后，徐正明驾着飞车缓缓地降落在平地上。这是人类历史上，第一次把人载上了天空，在航空史上写下了崭新的一页。

　　飞车成功飞行之后，徐正明打算对飞车进行进一步的改进，让它飞越太湖，往返于缥缈、莫厘两峰之间。但他的计划还未实现，就被病魔夺走了生命。

　　◆ 徐正明的天才发明比俄国工程师创造人力推动飞车早整整一个世纪。可惜徐正明的"飞车"的制作方法未能流传下来，这不能说不是一种遗憾。

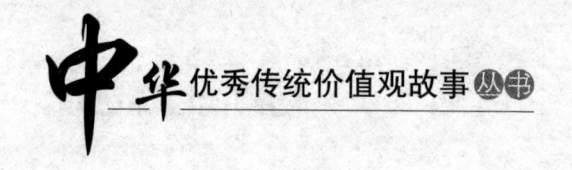

48. 明末园林艺术大师计成

计成，字无否，号否道人。第一次提出假山应按真山形态堆垛的理论，并有著作《园冶》。

我国的园林建筑是古建筑史上的重要部分。早在黄帝时代就有人造园，但有历史记载的造园事迹则是在商、周时代。后来的历代王侯公卿都大肆兴建苑园，规模宏大，精巧豪华，凝结了许多技艺超群的园林巧匠的智慧和汗水。古典园林建筑的全盛时期是在明清两代，而其间最为出色的则是明代的园林艺术大师计成。

计成的家乡濒临风光秀丽的太湖，这里既有迷人秀美的自然美景，也有巧夺天工的园林名胜，使计成从小就受到良好的艺术熏陶，培养了他对艺术的鉴赏能力和情趣爱好。他对诗歌和山水画也有研究，诗作清新俊逸；绘画神韵皆备，意趣横生。这些诗画艺术素养对于他钻研园林工艺打下了厚实的基础。

计成家境一般，经常要为他人做园叠石维持生活，有时还需卖画补贴家用。但凭着他对园林工艺的酷爱，他坚持不懈地进行研究和探索园林建筑的奥秘。计成不仅通晓了古今园林建筑的论述内容，而且还游历北京、湖南、湖北等地，观察各地的园林建筑，吸收其精华，领略其技巧，不断增加知识和见识。经过长期的观察，再加上亲身实践，计成形成一套独特的造园绝技。

一次，他路经镇江郊外，见一些园艺工匠在一片竹木间叠石造山，便停下脚步，仔细观看。那些工匠将山石随意堆叠，没有任何艺术美感，计成心里可惜，不觉脱口而出："为什么不仿造真山的意韵叠造呢？"那些工匠回头看了看计成，见他貌不惊人，以为他口出狂言，不识好歹，便有意为难他："那你来试试。"计成听罢也不推辞，便上前飞快地叠了起来。

不一会儿，一座假山堆叠了起来，只见山石林立，峭壁悬崖，奇巧多姿，有真山的天成之美，更有人工的精致。在场的人们都十分钦佩，再没人小看计成了。计成叠石造园的绝技也渐渐人人皆知。

不久，武进县的退休官员吴又矛想造一个园林，听说计成有高超的造园本领，便将他请了去，请他在五亩地上建造一座类似北宋司马光独乐园的园林。计成首先对造园基地进行观察，发现这块地成陡坡之势，其上只有拂地虬枝和高大乔木。计成因地制宜，很快布定了"依坡叠石，挖土作沟，沿池作台，飞檐衔接"的建筑

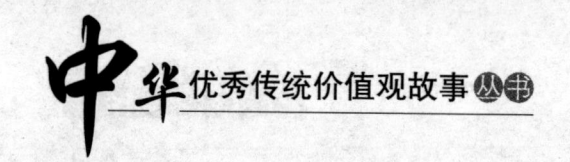

格局，并亲自组织施工。园林建成了，吴又矛在计成的陪同下，参观了一遍。只见叠石依坡，曲径通幽，古树盘山，虬根嵌石。宅楼亭台在园林的掩映下，显得明丽清雅，意境悠长，吴又矛对计成的设计成果赞不绝口。

计成还为仪征汪士衡设计建造了"荣园"。此园山水相映，意境奇绝，被誉为"江北称绝明园"。名人文士多题咏赞颂此园。

在长期的造园实践中，计成积累了大量的设计图稿和丰富的建筑经验，他将这些知识和经验总结归纳，著成了园林建筑工艺的专著《园冶》，此书崇祯七年刊行，此时计成已五十三岁。

《园冶》是计成毕生心血凝结而成的，分三卷。第一卷包括"兴造论""园说""相地·立基·屋宇·装折"四篇；第二卷为各种栏杆图式；第三卷有"门窗""墙垣""铺地""掇山""叠石""借景"六篇。全书有各式插图二百三十二幅，详细述说了园林理论和实践技艺，在园林建筑史上具有重要价值。

这部书问世后由于种种原因未能重新刊刻、广泛流行。但此书传入日本后，却受到重视，并将"造园"作为正式科学名称，尊计成为造园鼻祖。瑞典造园学家奥斯瓦尔得·西润于公元1922至1935年间三次来中国搜集了大量园艺资料，公元1948年他出版了《中国庭园》一书，大量引用了《园治》中的内容。后来，英国有了《园治》一书的英译本。

◆ 《园治》是世界园林科学最古的专著，可惜当时并没有被重用，但计成对园林科学的贡献是有目共睹的。

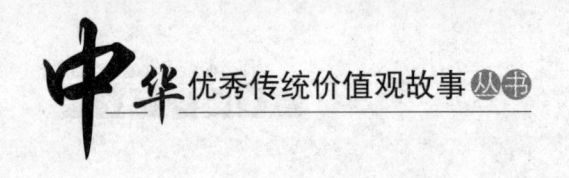

49. 紫砂工艺巧匠供春

供春，又称供龚春、龚春。江苏宜兴人，生卒年不详。后人都称他是"宜壶作者推供春""陶壶之鼻祖""天下之良工"。

紫砂器产于江苏宜兴，采用宜兴所产的紫、红、绿三种砂泥做原料制作而成。它造型别致，仪态大方，融合中国传统的书法、绘画艺术，具有清新雅致的艺术风格，很受王公贵族、文人雅士所喜爱，甚至吸引了国外收藏家、鉴赏家的注意，不惜重金购买。

紫砂器初创于宋代，明代中期走向兴盛。出现了许多制作紫砂器的能工巧匠。供春就是其中的一个。

明正德、嘉靖年间，供春是提学副使吴颐山家中的书童。因为主人在离城东南四十里的金沙寺里读书，供春常随侍左右，所以也成为寺里的常客。闲暇时，他就跑去看和尚们捏制陶坯。宜兴因是陶都，几乎人人都会制陶，和尚们制陶时，供春就在一旁观看，并暗暗记下一些操作要领。小供春聪敏过人，凡事过目不忘，过后，他仔细思考，常常能举一反三。渐渐地，他学会了一套制陶本领。

可是，不亲手做一做，是不能真正掌握本领的。供春是怎么做的呢？据说，金沙寺的和尚怕供春学去本领，玷污了"天物"，不肯让他接触陶泥。为了弄到陶泥，供春没少动脑筋。一次偶然的机会，他发现这些制陶的和尚每天收工时都要在水缸里洗手，时间一长，缸底就沉积了厚厚的一层陶泥。小供春将缸底的陶泥收集起来，翻来覆去地打、捏，终于掌握了制陶的技艺。

制作紫砂器，除了选料外，配泥是整个工艺的关键。历代紫砂名家都将配泥之法作为传家之秘，绝不向人吐露。供春没有秘法相传，只能在长期的实践中细心摸索。供春发现只有把砂泥淘炼得十分细腻，制成的紫砂器才能既薄又轻，光泽丰润。勤学苦钻的供春在紫砂工艺制作上崭露头角后，他离开了吴颐山家，专门从事紫砂器的制作。

经过长期的实践，供春在紫砂的烧制技术、器物造型等方面都有了很大的改进和发展，使宜兴紫砂从单一的日常用品，发展成具有较高艺术价值和实用价值的工艺品。因此，后人都称他是"宜壶作者推供春""陶壶之鼻祖""天下之良工"。

供春制作了许多精美的紫砂器物。如，"一粒珠

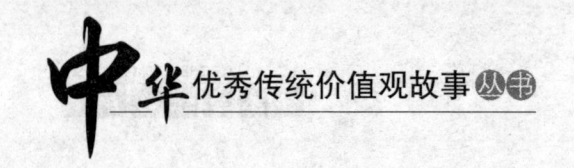

壶""线条壶""漏花日葵壶""松鼠葡萄壶",以及园形的"蜃壶"、方形的"印方壶"等都是极名贵的珍品。供春仿照银杏古树树根形象制成的紫砂壶,形似树瘿,色如梨皮,形制古朴,精美绝伦。后人称之为"供春壶",现收藏在中国历史博物馆,奉为国宝。

◆ 供春成为紫砂名家,打破了"秘不传人"的陈规陋习,将自己全部的技艺传给后人。继承供春技艺的名匠,不但将供春的风格发扬光大,还有所发展和进步。

50. 光学仪器制造家孙云球

孙云球，字文玉，或字泗滨，江苏吴江县人，明末光学仪器制造家。

我国古代聪明的祖先们很早就开始了对光学的研究。2500年前，杰出的思想家和科学家墨翟就做了世界上第一次小孔成倒像的实验。许多匠人根据平面镜成像以及光线反射的原理，制出了铜镜、透光镜、冰制取火凸透镜等许多奇妙的古镜。甚至还做过类似潜望镜的装置，令现代人大加赞叹。孙云球正是这类巧匠中杰出的一位。

孙云球出身于一个已衰落的官宦之家。其父孙志儒，曾做过福州、漳州知府。其母董如兰，是个有知识的妇女。孙云球年幼时，随父母迁居苏州虎丘山畔，他自幼聪颖异常，十三岁即为吴江县乡学生。父亲病故以后，他成了家里的顶梁柱，靠采药维持生活。孙云球对光学的研究十分感兴趣，即使家境艰难他也从不放弃自己的爱好。他不断吸取西方的科技知识，学习科技著

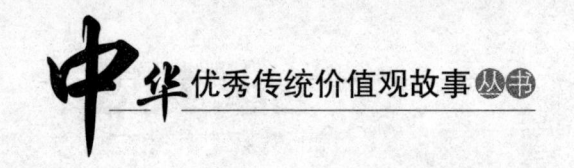

作，并反复实践，终于取得了丰硕的成果。

孙云球创制的眼镜，功效远远超过前人的成果。他选取透明度极高的水晶为材料，用手工磨制的方法，磨出了老花、少花、远光、近光等深浅度数不等的镜片，创造了"磨片时光"的技术。可以根据每个人的视力情况，磨制适合不同人需要的镜片，效果比较理想。据说，经由孙云球配镜的人们都纷纷称赞。据史籍记载，我国的眼镜出现在宋代，那时仅仅是用水晶的折射率来提高视力；明代时的眼镜，实质上就是一种放大镜，不能架在鼻梁上，只是随身带着，需要看清什么东西时，才取出放在眼前，凑近物体去观看，使用很不方便。孙云球的眼镜，则克服了这些缺点，矫正效果更好。

孙云球还独立制成了千里镜。孙云球在制镜过程中，研制了许多具有不同性能的凸透镜和凹透镜，他把这些镜片组合起来，造出了我国第一台望远镜。虽然比欧洲的第一台望远镜问世晚了五十年左右，但他是由民间制镜巧匠依靠自己的聪明才智创造出来的，当时这也是件很了不起的事。

除此之外，孙云球还先后制成了七十多种光学仪器。如类似放大镜的"存目镜"，类似显微镜的"察微镜"，类似"哈哈镜"的"幻容镜"；还有多种用途的"多面镜""放光镜""夜明镜""夕阳镜""鸳鸯镜""火镜"等。孙云球制成的"放光镜"类似现在的"探照灯",比俄国人库里宾利用反光镜制成的探照灯早一百多年。

　　孙云球将自己一生的发明创造和实践经验,系统地总结、归纳,写成了一部《镜史》,他母亲还为此书写了序言。可惜的是,这位制镜巧匠三十三岁便英年早逝,他的许多才能还未能一一展露。他的发明成就受到苏州人民的敬仰和怀念,在苏州博物馆陈列着他杰出创造的事迹资料。英国著名中国科学史专家李约瑟博士,来华收集了许多孙云球在光学研究和创造发明上的成就,并写进了自己的专著。

　　◆《镜史》的问世,对后世光学仪器制造技术影响很大,可惜的是它后来失传了,使我们今日难以窥其全貌。

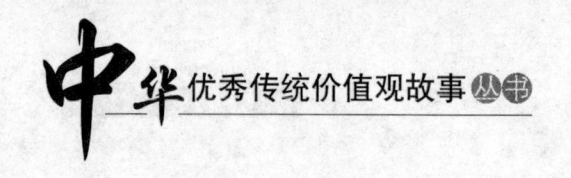

51. 建筑设计家雷发达

雷发达，字明所，永修（建昌）人。清代初年，因以建筑工艺见长，应募赴北京修建皇室宫殿。著有《工部工程做法则例》《工程营造录》等著作。

到过北京故宫的人，都会对那些气势宏伟的古代建筑发出由衷的感叹。故宫凝聚着我国古代劳动人民高超的技艺和血汗，是我国建筑史上的杰作，也是祖先留给我们的一份十分珍贵的文化遗产。在修建故宫的千百万能工巧匠中，有一位杰出的建筑设计家，他的名字叫雷发达。

雷发达出生于一个木工家庭，受家庭的影响，从小就对木工技术产生了浓厚的兴趣。雷发达学习勤奋，动手能力很强，这对他后来的发展十分重要。

明朝末年，雷发达随父亲迁往南京。一路上，各种各样的建筑引起雷发达的兴趣，他细心观察，都默默记在心里。到南京后，大都市的辉煌建筑更令他目不暇接，雷发达被那些结构精巧的宫殿、庙宇、城楼等迷住了，由此激发了他对建筑设计的热爱，并从此潜心研究这方面的技术。雷发达当时还是个木工，他一边劳动，一边利用空闲时间学习绘图等基本技能，逐渐掌握了建筑设计技术。雷发达不拘泥于前人的经验，敢于创新，这对一个建筑设计人员来说是最可贵的素质。到雷发达三十岁的时候，他已经名扬南京城了。

清康熙初年，朝廷征工修建皇宫，当时雷发达已经四十多岁了，技艺更加高超，他和堂兄雷发宣都被朝廷选中，到北京参加了皇宫的建设。

这次皇宫建设中，设计和建造太和殿、中和殿以及保和殿的工程最大，雷发达担当的正是这个十分艰巨的任务。要完成这个任务，没有高超的技艺是无法胜任的，然而雷发达出色地完成了三大殿的设计建造工作。

雷发达和木工匠师们共同研究，首先画出草图，然后进行反复推敲和论证，再画出详图。在详图的基础上，雷发达又制作出烫样，也就是今天所说的模型，对模型审核结束，确定了每个建筑细节之后，才动土兴建。

在施工过程中，雷发达总是亲自参加，发现问题及时解决。例如太和殿上梁时，梁架高举，榫卯不能合拢，工程无法进行下去了，这将影响到上梁典礼的如期进行。雷发达经过与在场工匠的认真研究，最终想出了

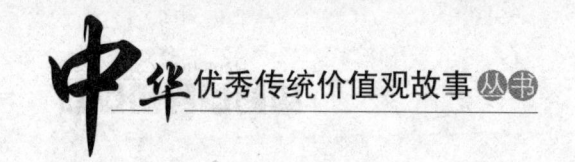

解决问题的方法。雷发达亲自爬到房架上，用斧头斜打，一举解决了难题，上梁典礼也得以按期举行。

今天我们在故宫里看到的太和殿，就是雷发达当时设计建造的，尽管后来曾翻修过多次，但是仍保持着原样。

从调到北京建设皇宫起，雷发达连续在北京工作了三十多年，一直负责皇宫的设计。在长期的实践中，他积累了丰富的建筑知识，还总结自己的技术和经验，写成书流传给后人。他的后代们继承了他的事业，先后设计建造了圆明园、颐和园、静宜园、静明园、万寿山、玉泉山、香山、北海、中南海等工程。在北京，人们称呼雷发达及其后代为"样子雷""样式雷""样房雷"等，可见他们在建筑设计方面的成就之大。

◆ 雷发达继承和发扬了我国古代宫殿建筑的成就，汲取了各地建筑的精华，大胆创新，为祖国的建筑事业做出了杰出贡献。他的名字，将和故宫一起深深地印在人们的记忆之中。

52. 治河专家陈潢

陈潢，字天一，号省斋，秀水（今嘉兴）人，清朝治河名臣。精研治理黄河之学。

在治理我国第二大河——黄河的历史上，曾先后涌现出战国时期的白圭、东汉的王景、宋朝的高超、元朝的贾鲁、明朝的潘季驯等一大批杰出人物，到了清代，又出现了一位治理黄河的能手陈潢。

青年时期，陈潢就曾对黄河进行过实地考察，他沿黄河上行到宁夏、甘肃一带，目睹了黄河沿岸人民生活与治黄的艰辛。

在那个时代，读书人都是通过科举来获取功名。陈潢为了实现个人的抱负，也几次参加了科举考试，但都没有考中。公元1671年，陈潢在不得志的情况下流落邯郸，在一座庙的墙壁上题诗表达了自己希望治理黄河为民造福的志向。当时在朝为官的靳辅见到这首诗后，对陈潢很赏识，于是请陈潢到他家做家庭教师。此后陈潢一直协助靳辅工作。

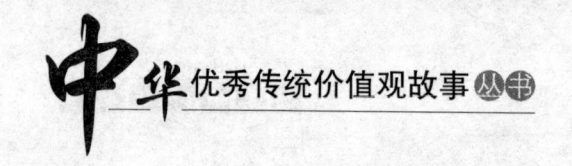

公元1677年,靳辅被朝廷任命为河道总督,负责治理黄河。靳辅对治黄没有经验,陈潢协助他担起此项重任,并全面筹划治理黄河的事宜。

陈潢在治黄过程中吸取前人的经验,掌握治河规律,深入实际,依靠劳动人民,取得了辉煌的成就。

陈潢继承了明代治黄专家潘季驯"筑堤束水,以水攻沙"的理论,在河流两岸修筑堤防,缩小河流宽度,从而使河水流速加快,减少泥沙淤积,避免淤塞河道造成泛滥。他还引淮河的清水入黄,加大黄河对河道的冲刷力量。

陈潢并没有拘泥于潘季驯的经验,他对黄河入海口也进行了疏浚。他在堵塞的近海河道中挖两条引河,筑好堤防,先把引河堵住,待河水量增大时,打开河口,使汹涌的河水冲阔引河,借助水的力量把两条引河间的泥沙冲入大海。这是对潘季驯理论的发展。

陈潢还发明了"测水法",根据水流的缓急,以水一立方丈作为计算单位,通过测量河流的横断面计算出河水的流量。利用"测水法"可以明确堤防要修多高,堤防的宽度应该多少。这是我国古代科技史上一项重大的发明,也是世界科技史上的一项具有很高价值的创造。"测水法"为"筑堤束水,以水攻沙"提供了重要的理论依据。

陈潢在长期的治黄实践中积累了丰富经验，对流水的规律了如指掌。有一次，淮安东边的一个叫真武庙的地方黄河决口，靳辅和一些人听说后都很惊慌，陈潢去察看后说："不必管它，过几天它会自己淤塞的。"大家都将信将疑，担心决口会扩大。可是，几天过后，决口真的自己堵上了。有人问陈潢这是什么道理，陈潢说："水是不会向高处流的，真武庙堤外丘陵多，地势较高，河水流不过去，势必还会返归河道，水流受阻泥沙便会在决口处淤积下来，泥沙一多，决口也就淤塞了。"听了陈潢的解释，人们无不佩服陈潢对水性的了解。

陈潢治黄获得了重大成果，靳辅曾多次向皇帝为陈潢请功，但因陈潢只是一个平民百姓，皇帝仅给他一个"佥事道"的空官衔。后来皇帝又听信谗言，以"屯田扰民"等罪名将靳辅革职，陈潢也被押解到京师。公元1688年，陈潢抑郁成疾，含恨死去。

◆ 陈潢曾撰写了《河防述言》一书，并以靳辅的名义编著了《治河方略》一书。书中详细记载了他治黄的经验，是我国水利科学史上的重要文献。

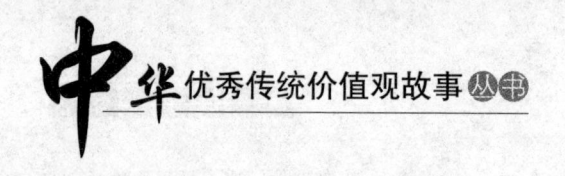

53. 发明家黄履庄

黄履庄，广陵（扬州）人。清初制器工艺家、物理学家。在工程机械制造方面有很深的造诣，世界上第一辆自行车便出自他手。他一生发明无数，堪称中国的爱迪生。

黄履庄从小就博闻强记，好奇心极强，凡是能见到机械器物，他总是要仔细地玩弄一会儿，直到弄清其中的奥秘为止。据说，他小时曾做过一个一寸左右的小木人，它的手脚都是另外安装上去的，关节都能活动。只要将它放在桌上，它就能自由行走，人们见了都十分惊奇。

他渐渐长大了，但一直对机械感兴趣。随着西方文明的渗透，他也接受了一些西方科学知识，使他得到了许多有益的启示，从而发明制作了许多神奇的东西。会走的木人，会叫的木鸟，能取火聚光的镜片……他的名字几乎人人皆知。大数学家梅文鼎听说后便去拜访他，刚到黄履庄家门口，正要举手敲门，突然传来狗吠声，主人前来，在狗身上碰了一下，狗就不叫了，静静地卧倒在地。梅文鼎仔细一看，原来这不是一只普通的看家狗，而是一只机械木狗。梅文鼎不禁对这位黄先生心生敬佩。

此外，黄履庄还发明创造了许多实用性很强的自动器物。据说，他曾发明自动驱暑扇，这种机械是由一个木制的机器人手执一柄大扇，只要开动机器人身上的机关，这个木人就会有规律地挥动扇子，使得满屋生风，顿生凉意。黄履庄制作的自动双轮小车，也十分神奇。据记载，这种小车长三尺多，可以乘坐一人，只要挽动轮轴一侧的曲拐，就可以自动行走，每天可走八十里。

黄履庄发明的自动机器是借鉴西方"自鸣钟"的原理，利用金属法条储存能量，然后渐渐地将能量转换成各种动力。黄履庄制作的法条，性能优良，并凭借自己的聪明才智，在没有任何资料的情况下，造出了制造法条的专门机器，可以成批生产这种法条，用于制造各种机械。虽然今天这种以法条为动力的自动玩具已不令人惊奇了，可在当时却是令人十分惊奇的事情。

黄履庄还发明制作了一些仪器，在当时，也居于世界领先地位。他创制的"验冷热器"，能测试虚实，测验气候变化，验证各种药物的性情，用途很广。还有

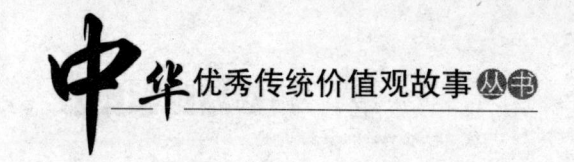

"验燥湿器",可以预测天气变化,阴晴情况。这种仪器中设有一针,能左右旋转,干燥就向左旋转,湿润就向右旋转,十分准确。黄履庄制的反光镜,也属首创,直到公元1779年才有人将反光镜用于光源后面。

黄履庄制作了许多奇妙的器物,许多人以为他一定有什么奇书或有异人指点。他听了,总是说:"我哪有什么神奇,这些奇物不是无缘无故就表现出他的神奇,而是有一个道理在支配着这些东西。其实最神奇的则是这个道理。"黄履庄这种科学的态度是难能可贵的,正是这种态度才赋予黄履庄超人的聪明才智。

◆ 黄履庄是近三百年来具有突出成绩的能工巧匠,是一位杰出的发明家,在我国科技创新史上占有突出的地位,可惜他所发明的奇器的制作方法都已失传。